小学館文庫

ＭＷ -ムウ-

原作／手塚治虫
司城志朗

小学館文庫

MW ―ムウ―

1

刻々と沈む夕陽《ゆうひ》の中で、そのビルは埃《ほこり》と煤《すす》にかすんでいた。

バンコク伊勢丹の脇を流れるセン・セーブ運河を、そこから西へ下って約五キロ、鉄道の線路を取り巻いてみるみる膨れ上がったスラム街のど真ん中にあるビルだ。壁にはひび割れが走り、いたるところ崩れかけ、まるで最終ラウンド終了のゴングが鳴ったあとのロッキー・バルボアみたいだった。

だが、そのとき、ビルの前にたどり着いた日本人の男は、それよりひどいありさまだった。

顔は汗と埃で黒ずんで、眼鏡《めがね》は曇り、目は血走り、頰《ほお》は亡霊のようにこけていた。上着はとうに脱げ落ちて、ワイシャツもズボンもよれよれだった。なにしろ一億の札束を抱え、朝から半日、誘拐犯に命じられるままこの天使の都《クルンテープ》を駈《か》けずり回ったのだ。

男は手元の紙切れに目を落とし、もう一度スラム街の廃ビルを見上げた。

ビルには名前などついていない。東京とちがって番地も定かでない。が、このビルだ。そばにそっくりな三つ子のように、三本の椰子《やし》が並んでいるのが目印だ、と誘拐犯のメモに書いてある。

ふらり、と一歩、男はビルに向かって踏み出した。

「バア《バカ》。アンタラーイ《危ネッ》！」

三輪タクシー《トゥクトゥク》が罵声《ばせい》を飛ばし、けたたましいエンジン音を立ててすれすれ男の身体《からだ》をかすめていった。この街の運転手は、世界一運転が荒っぽい。

だが、日本人の男は見向きもしない。まわりのことなど眼中にない。ふらつく足で廃ビルの前まで行くと、壁を伝って入口を探した。

ドアはなかった。雨水で腐りかけたベニヤ板が、真っ黒な穴をふさいでいる。

「愛子《あいこ》」

ベニヤ板の割れ目から、そっとビルの中に声を放った。

返事はない。

男はベニヤ板の割れ目に手を入れて、力をこめて引き剝《は》がし、無理矢理ビルの中に入りこんだ。

「岡崎《おかざき》だ。約束通り、ひとりで来た。娘はどこだ」

入口の四角い穴は真っ黒に見えた。が、ビルの中は真っ暗ではなかった。窓にはべニヤ板が打ちつけてあったが、ところどころ破られ、はがされ、その隙間《すきま》からオレンジ色の夕陽が入っている。

岡崎はむしろまぶしくて、顔に手をかざした。

「お父さんだ。愛子。どこにいる」

岡崎は目をこすった。もう若くない。五十八だ。役員でなければそろそろ定年を迎える歳《とし》だ。息があがって、目も見えない。とにかくひどい一日だった。

誘拐犯は携帯や公衆電話を使用して、次々と指示を出してきた。また次々と、その指示を変更してきた。

岡崎は一億の現金が詰まった革鞄《かばん》を抱え、そのたびに右往左往した。ひとをかき分け、突き飛ばし、観光客でごったがえすセントラル・ワールド・プラザを走った。車がひどい渋滞を起こし、排気ガスがむんむん充満しだしたラーチャダムリ通りを横に駈けぬけた。路地に潜りこみ、ビルを抜け、下りのエスカレーターを上に向かって駈けあがった。

その間岡崎は、ひとつのことだけ考えていた。捜査員の目を盗み、金を犯人の手に渡すことだ。

ひとり娘の命を救う方法はそれしかない。一億なんて金はどうでもいい。その気になれば金なんかいくらだってできる。だが、二十一年かけて育ててきた娘はそうはいかない。この世で唯一、愛子の命だけはかけがえがない。

〝日本人の女性観光客が、バンコク市内で誘拐され、巨額の身代金を要求された〟

タイ警察は、その通報を受けて震撼《しんかん》した。国の観光事業は、日本人旅行客がいなければ成り立たない。即座に全組織をあげて捜査に乗り出した。

人質の救出と犯人の逮捕には、タイ警察の威信がかかっていた。そのため八十人体制で、犯人確保に動いていた。要所に無線車両を配置して、ツアーの観光客、ショッピングセンターの店員、地元の通行人、タクシーの運転手、ベビーカーの母親、屋台売り、いたるところに捜査員を投入した。岡崎を二重三重に包囲して、犯人からの接触に備えた。

岡崎はひとり焦りまくった。

幸い犯人は狡猾《こうかつ》だった。要求は大胆なくせに、いざやるとなると、細心の注意を払うのを忘れなかった。街角に罠《わな》をしかけ、二十人を超えるダミーで目くらましをかけ、何度も捜査員を翻弄《ほんろう》した。そしてついに、一瞬の隙をついて警察を出し抜いた。アレクサンダー・ホテルのクリーニングシューターを利用して、まんまと身代金を手に入れたのだ。岡崎の手に、娘の引渡し場所を書いた一枚の紙切れを残して。

革鞄に入っていた一億の札束が消え、その直後、犯人とおぼしき男が白いスーツケースを提げて逃走した。捜査員にそう聞かされたとき、岡崎は思わずその場に倒れこんだ。まわりの者はみな落胆と心痛のためと思った。が、そうではなかった。心の底から安堵《あんど》したのだ。これで娘が生きて戻る。

娘の引渡し場所のメモを手に入れたことは、もちろん警察には話さなかった。

「ホテルに戻って、娘の帰りを待つ」

捜査員にそう言って、岡崎はひとりでタクシーに乗った。尾行がつくかと思ったが、警察は逃げた犯人のことで手いっぱいだった。もう岡崎のことなど気にもかけない。

岡崎はタクシーの運転手に紙切れを見せ、ひとりでスラム街のビルへやってきた……。

「愛子」

岡崎は右を見た。左を見た。何に使われたビルだったのか。今はもうコンクリの柱が何本かあるだけの、がらんとした空間だった。どこにいる？　ふらり、ふらりと奥へ進み、必死にあたりを見まわした。どこだ、愛子。

喉《のど》はからからだった。胸のどこかがひりひりして、息をするのも苦痛だった。ふっとひとの気配を感じ、動きをとめた。

赤い陽光がだんだらにたちこめた柱の陰に、人影が見える。が、逆光のためにシルエットだ。

岡崎は眼鏡を取って、目をこすった。よく見えない。

「愛子か」

ちがう。体型がちがう。岡崎は顔の角度を変え、懸命に目を凝らした。

背の高い男だ。サングラスと口髭《くちひげ》が見える。誘拐犯か。だとしたら、付け髭だろう。

真っ白なスーツを着て、胸に一輪、赤い薔薇《ばら》。

ふざけやがって！

思わず憤怒の声が湧《わ》きあがった。しかし、口から出た言葉はちがっていた。

「頼む。娘を返してくれ」

サングラスの男は無言だった。細かい表情はわからない。が、楽しんでいるように見える。

「すべてきみの言う通りにした。金は渡ったはずだ。約束じゃないか。頼むから、娘を返してくれ」

岡崎は膝《ひざ》をつき、身を揉《も》むようにしてか細い声を絞り出した。

「娘はどこだ。どこにいる」

「ここよ」

冷たい女の声がして、コンクリの床に靴音が鳴った。それは奥の方から床を鳴らして近づいてきて、真っ白なスーツでシルエットになった男の横でぴたり、ととまった。真紅のミニのワンピースに真紅のハイヒールを履いた女が、膝をついた岡崎を冷ややかに見下ろした。

その女の顔を見返し、岡崎は驚愕《きょうがく》に目を剝《む》いた。

「感動の再会だな」

サングラスの男が笑った。

「愛子……どういうことだ」

「私は大丈夫だから。もう捜さないで」

「なんだ……と……」

「このひとと一緒になって、幸せに暮らすの。お金ありがとうね、パパ」

愛子はサングラスの男の腕を抱き、首を少し傾けて、バージンロードを行く花嫁のように寄り添った。岡崎の顔がぐしゃっ、と歪《ゆが》んだ。

「ふざけるな。こんなことをして、お前、許されると思ってるのか」

「ほう。誰が、誰を許すんですか」

サングラスの男が右腕をスーツの打ち合わせに入れた。その手は自動拳銃《けんじゅう》を握りしめて現われ、銃口を岡崎に向けた。

「な、なにを……」

岡崎の身体が震えだした。サングラスの男は岡崎を見つめ、その顔に銃口を向けたまま動かない。勝ち誇っていた愛子の顔に、ふと、不安の色がよぎった。

「ちょっとやめて。怖いよ」

サングラスの男は長い時間をかけて岡崎の顔から目を外した。

「大丈夫。お父さんを撃ったりしないから」

愛子に微笑《ほほえ》み、片手で抱き寄せ、拳銃を彼女の心臓にあてた。

冗談やめて。

愛子は戸惑いながら、そんな表情になりかけた。が、なりはしなかった。その前に、サングラスの男は拳銃の引金を引いた。

発射されたのはホローポイント弾だった。これは弾頭がすり鉢状にへこんでいて、人体に命中すると、体内でマッシュルーミングを起こして致命的なダメージを与える。その分、貫通力は低いのだが、三センチの距離から発射されたため、銃弾は愛子の心臓をずたずたに裂いて貫き、背中から抜けた。そのため彼女は、背中に空いた穴から水鉄砲みたいに血と漿液《しょうえき》を噴出しながら後方にふっ飛んだ。

「愛子!」

岡崎は飛び上がって、娘に駈け寄ろうとした。その足を、再び銃弾が襲った。左の膝を撃ちぬかれ、岡崎はもんどりうって転がった。

「なぜだ。なぜこんなひどいことを……」

岡崎は頭をもたげ、誘拐犯に食い入るような目を向けた。撃たれた痛みは感じなかった。ほとんどの感覚が失《う》せていた。頭は疑問符でいっぱいだった。

「悩んだんだ」

サングラスの男はぼそり、と言った。

「娘の前で父親を殺すのと、父親の前で娘を殺すのと——どっちがおもしろいかって」

「なんだと……」

誘拐犯は拳銃を前に突き出してきた。岡崎は上体を起こした。しかし、立てない。撃たれた足に力が入らない。拳銃に押されるように、両手でじりじりあとずさった。銃口が額に迫ってきた。岡崎は真っ赤になった目で、誘拐犯の顔をにらみつけた。サングラスと口髭をつけた白い透き通るような細面を。

「お前は……!」

岡崎がサングラスと口髭に隠された顔に気づいたのと、誘拐犯が引金を引いたのがほとんど同時だった。至近距離から発射されたホローポイント弾は、やはり岡崎の頭部を貫通し、血と脳漿《のうしょう》をふりまいた。

サングラスの男は背筋を伸ばし、コンクリの床に少しずつ広がっていく血の海を見下ろした。

「悩んだ甲斐《かい》があったよ。まちがってなかった」

サングラスをかけたその殺人犯を、のちにひとはこう呼んだ。神が堕《お》とした最悪の闇《やみ》、と。

2

山の手教会は、東京から京浜急行線で四十分、三浦半島の海辺の町の高台にあった。米海軍の東京基地のある町で、高台に立つと、たいてい基地の十二号バースに停泊している巨大な空母を見ることができた。日に数回は、米軍の戦闘機が町の上空を飛ぶ。

「神はすべての罪をお赦《ゆる》しになります。御手《みて》にゆだね、あなたの罪を告白なさい」

賀来《がらい》神父は、懺悔《ざんげ》室の小窓からうっすらと見える修道女のベールに向かって呼びかけた。

懺悔室は礼拝堂のホールの奥にある。外見は洋服ダンスのばけもので、扉は左右についている。信徒は右の扉から、司祭は左の扉から中に入る。

室内はふたつに仕切られ、それぞれひざまずき台といすがひとつずつ。真ん中の仕切りに向かっていすにかけると、ちょうど顔の高さのところに、小窓がある。小窓には細かい金網がいちめんに貼《は》ってあって――声は通るが――互いに相手の顔ははっきり見えない。顔の形がぼんやりとわかる程度だ。信徒はその小窓から自分の罪を告白し、司祭は信徒とともに神に祈り、聖父《ちち》と聖子《こ》と聖霊《せいれい》の御名《みな》においてその罪を赦す。

だがその日、穏やかに晴れた五月半ばの昼下がり、懺悔室に入ってきた子羊はちがった。

「神父さま、ひょっとして自分は怖《おそ》ろしい犯罪の片棒を担いでいるのではないか、という罪の意識を鎮めるには、どうしたらよいでしょうか」

賀来神父の顔から血の気が引いた。女ではなかった。男の声だ。

「私の親友が世にも怖ろしい犯罪者で、後日、どんな犯罪があったかマスコミの報道で知らされるんです」

「結城《ゆうき》！　からかうな」

「ショックです。でも、断れないんです。なぜならその犯罪者は、昔、自分を救ってくれた生命《いのち》の恩人だからです」

「やめろ」

迷える子羊は頭にかぶっていた修道女のベールを取った。白い透き通るような細面が、賀来の顔を見返した。サングラスはかけていなかった。口髭もつけていなかった。バンコクで一億の身代金を強奪し、岡崎親娘《おやこ》を射殺した男が、小窓の金網越しに微笑んだ。

「助かったよ、賀来。お前のおかげで、捜査を攪乱《かくらん》することができた」

「話がちがう。……殺すなんて」

「仕方がなかった。岡崎は俺の顔に気づいた」

「娘は関係ないだろう」

「娘というのは父親の血を引く人間のことじゃなかったか。関係ないとは言わせないよ。だいたいろくなもんじゃなかったぜ、あの娘。高校生の頃から援交をやって、今じゃあ立派なシャブ中だった。生きていない方が、よっぽど世の中にためになったと思うよ」

賀来は胸の前で十字を切った。

「主よ、どうかこの子羊に憐《あわ》れみを」

「神は死んだ。二百年も前に誰かが言った」

「天にまします我らが父よ、願わくば御名の尊まれんことを。御国《みくに》の来たらんことを……」

「よせ、賀来。神をいちばん信じていないのはお前だろう」

賀来は耳をふさぎ、おしまいまで主の祈りを唱えた。しかし、そのあと溜《た》め息が出た。

「村越《むらこし》神父のことは信じている」

「村越神父も死んだ。MWが殺した」

「頼む、結城。もう来ないでくれ」

賀来は腰を上げて、懺悔室を出た。

誰もいない礼拝堂に、午後の陽光が窓のステンドグラスを通して柔らかく射《さ》しこんでいた。礼拝堂の長いすは、みな中央奥の講壇に向かって並んでいる。講壇の後ろにはアーチをいただく十字架があり、さらにその後方に、イエス・キリストの像が今まさに昇天しつつあるかのように中空に浮かんだ青い聖壇がある。

賀来はその聖壇に目を向けた。

賀来裕太郎《ゆうたろう》、二十八歳。神学校を出て、聖職についてからまだ二年。聖ペトロ学園の神学生となった日から数えても、まだ十六年。が、その昔、イエス・キリストは荒野の四十日間の修行でことごとく悪魔の誘惑を退けた。それを思えば、「まだ」ではなくて「もう」二年。あるいは「もう」十六年。

だが信仰心は、イエスの荒野のたった一日にも及ばない。

「もう来るな?」

懺悔室のドアが開き、ドルチェ&ガッバーナのダークスーツを着た長身の男が外に出てきた。結城美智雄《みちお》、二十八歳。懺悔室の扉にもたれ、薄く笑った。

「忘れたのか。賀来、俺たちがどんな思いをして、ここまで生きてきたか」

賀来は振り向いた。結城はしばらくその表情を見つめ、手に提げていた修道女のベールを長いすに放《ほう》った。

「変わったな、賀来。どうした」

「お前には関係ない」

教会のエントランスのドアが開いて、少女の明るい声が飛びこんできた。

「神父さまァ。慰問のお芝居に使う飾り付けが出来上がって、今、みんなで集会室に飾ったんですよ。子供たちが早く見に来てって」

賀来はわかった、というように手をあげた。少女はすぐにドアを閉めようとした。が、賀来のそばに立っている長身の男に気づき、目を輝かせた。

「結城さん！　お久しぶり」

「やあ、美香《みか》ちゃん。ちょっと見ないうちに、なんだかぐっと大人の女になってないか」

「美人になったってこと？」

「考え過ぎ」

「結城さん、だーい嫌い」

美香は笑いながらドアを閉めた。

「美香ちゃん、いくつになった。十六か」

賀来は何も言わず、中庭に面した窓に近寄った。その窓には透明なガラスが嵌《はま》っていて、庭で遊んでいる子供たちの姿が見えた。この教会は児童養護施設を併設していて、中庭は子供たちの遊び場だ。見ていると、今教会を出て行った美香が走ってきて、子供たちに混じって縄跳びをはじめた。

美香が孤児になったのは、一歳の誕生日を過ぎてすぐの頃だったと聞いた。はじめ父親がいなくなり、そのあと母親が姿を消した。家賃が三ヵ月溜まったアパートの一室で、美香はひとり、空っぽの哺乳瓶《ほにゅうびん》をくわえて泣いていたそうだ。

「お前は変わった。守りたいものができた。賀来、つまりそういうことか」

黙っていると、結城はそばにやってきて、庭の子供たちを眺めた。

「今どきっ、としたよ。美香ちゃん、いい女になったな」

「やめろ」

「ああいうの見ると、俺、欲望が火と燃えちまうんだけど」

賀来は結城を突き飛ばし、ダークスーツの襟をつかんで壁に押しつけた。

「あの子に手を出してみろ。お前を地獄の火で焼いてやる」

「とっくに焼かれたんじゃなかったっけ、俺たちは」

結城は薄く笑い、賀来の手を軽々とはじき飛ばした。

「ようやくはじまったところだ。俺はやめない。お前もやめない。俺たちは何も怖くない。だろ、賀来」

賀来は目をそらせた。

「俺はお前を信じてるよ」

賀来は何も言わず、長身の男が立ち去っていく靴音を聞いていた。それは静まり返った礼拝堂の中で、まるで銃声のように響いた。それからどれくらいの時間が経過したかわからない。ほんの数分のようでもあるし、二日も三日も経《た》ったような気もする。いくぶん遠慮がちに呼びかける声を聞いて、賀来は振り向いた。

「賀来神父さん？」

教会のエントランスのドアを開けて、見知らぬ男が身体を半分中に入れていた。

「私ですが」

「どうも。今そこで、子供たちにお名前をうかがったもんですからね。ちょっと失礼しますよ」

言いながら男は礼拝堂の中に入ってきた。見るからに安っぽい背広を着て、歳は四十くらいか。日に焼けてがっちりとした体躯《たいく》だ。

「何と書いてあるんですか、入口の扉。アルファベットで何か書いてあるでしょう」

「ＡＤＶＥＮＩＡＴ ＲＥＧＮＵＭ ＴＵＵＭ。意味は〝あなたの御国が来ますように〟」

「何語ですか」

「ラテン語です」

「神父さんはみんな頭がいいと聞いてますが。ラテン語もおできになる？」

「中学一年生の英語程度です。神学校で習いましたが」

「さきほど結城さんがここへ来ましたね。どんな用件でした」

最初に呼びかけた声とはうってかわって、物言いに遠慮がない。

「あなたは？」

「こりゃ失礼。警視庁捜査一課の沢木《さわき》といいます」

男は上着のポケットから警察手帳を出し、顔写真を提示した。

「さっきここへ来たの、結城さんですよね。結城美智雄さん。ＬＡ新世紀銀行にお勤めの銀行員でしょう。あの若さで、コーポレートファイナンス部の次長」

「そうですか」

「って——ご存じない？」

「信徒がどこのどういう方か、いちいち詮索《せんさく》はしませんので」

「まあ、いいや。で、結城さん、どういう用件でここへ来たんですか」

なぜそんなことを訊《き》くのか。賀来はそんな顔つきで、無遠慮な刑事の顔を見返した。

「いやいや、たまたま結城さんを見かけましてね、下の道で。すると結城さん、石段を上がって教会へ入っていくじゃありませんか。あのひとがカトリックの信者とは思えないんで、いったい何の用があったのかな、と」

この刑事、つまり結城を尾行していたわけか。

賀来は顔を横に向け、窓の外に目をやった。もう子供たちの姿はない。結城もさっき庭に出ていって、しばらく子供たちと遊んでいたのだが。

「結城さんはうちの教会の信徒ですよ」

「あ、そうでしたか」

「教会は神の家です。信徒にとっては、わが家のようなものです。信徒のみなさんがここへおいでになるのは、刑事さんがご自宅にお帰りになるのと同じ理由ですよ」

「そこのあれ、懺悔室ってやつですか」

沢木刑事は礼拝堂の奥を指差した。

「さっき結城さん、そこへ入っていったように見えたんですが。いやいや、覗《のぞ》いたわけじゃあないんだが、窓からちらっと。あの懺悔室ってやつは、自分が犯した罪を告白するところでしょう。結城さん、どんな罪を告白したんですか」

「申し訳ありませんが、刑事さん、信徒の告解《こっかい》については他言できません」

「構いませんよ。いずれ明らかになることだ」

沢木はにやっ、と歯を見せた。一向に立ち去る気配はない。賀来は仕方なく訊いた。

「うちの教会の信徒さんについて、何かお調べになっているんでしょうか」

「岡崎事件をご存じですよね。先週タイで起きた誘拐事件」

賀来は平静な表情を保った。

「テレビのニュース、ご覧になってますよね、神父さん」

「申し訳ありません。司祭館にはテレビは置いてありませんので」

「ひょっとして新聞もお読みになっていない、とか？」

賀来の顔を眺め、沢木はほう、と声を出した。

「カトリックの神父さんは、世俗のことにはいっさい興味がないってわけですか」

「そういうわけではありません。ただ私ども聖職者には、テレビを買ったり、新聞を購読する余裕がないのです。刑事さんとちがって、裕福ではありませんので」

「薄給ですよ。それこそ薄給の見本ですよ、私みたいなノンキャリの刑事は」

「私どもは無給です」

沢木はKOパンチでも食らったみたいに口を開いた。

「どうやって食べてるんですか、神父さん」

「信徒のみなさんが寄せてくださる教会維持費の中から、毎月七万円ずつ、生活費としていただいています」

「七万円で食べていけるんですか」

「テレビを買ったり、新聞を購読したりしなければ」

沢木はにやっとした。

「ご立派な暮らしですな。清貧。清く、貧しい。で、岡崎事件のことはご存じない。いいですよ。どうぞ神父さん、おかけになって。お話ししましょう」

沢木は近くにある長いすを手で指し示した。賀来は軽く首を振り、逆に腰をおろすように沢木に言った。

「そうですか。じゃ失礼して——いてっ」

沢木は長いすにかけようとして、下の台に足をぶつけた。

「何ですか、この——いすの下についている邪魔なものは」

「ひざまずき台です。主に祈りを捧《ささ》げるときは、その台を降ろして、そこにひざまずくことになっています」

「事件が起きたのは先週の月曜でした。タイを旅行していた日本人の女性観光客が、バンコク市内で何者かに誘拐されたんです」

沢木刑事はひざまずき台のことなどどこ吹く風といった顔で、喋《しゃべ》り出した。

「誘拐されたのは岡崎愛子さん、二十一歳。東京世田谷区に住んでいた女子大生です。大使館から知らせを受けて、父親の岡崎俊一《しゅんいち》さんが、ただちに現地に飛びました。

犯人側が要求した身代金は一億円。日本円で用意しろ、ということでした。竹菱《たけびし》建設をご存じですか。最近、政治家への企業献金が問題になっている準大手ゼネコンです。父親の岡崎さんは、その竹菱建設の常務取締役でした。

先週土曜の朝、岡崎さんは一億円の現金を用意して、犯人が指定した場所に向かいました。タイ警察が厳戒態勢を敷いてますから、もちろん金の受け渡しは容易なことではない。しかし、犯人はうまくやった。実に大胆、巧妙でね。とうとう警察を出し抜いて、一億の金を奪って逃走した」

この刑事も、そのとき必死に犯人を追跡し、そして出し抜かれたひとりだったのかも知れない。沢木はそこで言葉をとめて、何か思い出しているような顔をした。

「タイ警察は地団駄を踏みましたがね、父親の岡崎さんは、ある面、安心なさったと思いますよ。金が犯人に渡った以上、娘は無事に帰ってくる。誰だってそう思いますから。だが、駄目だった。その日の夜、スラム街の廃ビルで、岡崎さんと娘さんが射殺死体となって発見されました。

犯人が、娘さんを解放すると言って岡崎さんを呼び出し、そしてふたりとも射殺した。状況から見ると、そういうことでしょう。冷酷非情、実に残虐な犯人です。そう思いませんか、神父さん」

賀来はうなだれ、胸の前で十字を切った。

「私も何回か誘拐事件の捜査をしましたが、これほど残虐な犯人ははじめてです」

「刑事さん。その事件に、さきほどの信徒が何か関係している、と？」

「この事件にはいくつか腑《ふ》に落ちないことがあるんです。というより、わからんことだらけでまいっとるんですが」

賀来の声などまったく聞こえなかったように、沢木は言葉を継いだ。

「中でも最大の難問は、なんといっても事件の結末です。犯人は、何のために岡崎さん親娘を殺害したのか。一億もの身代金を手に入れたんだ。せめて人質は無事に返してやるべきでしょう。どう思います、神父さん」

「私に訊かれても……」

「まあ、そうおっしゃらず。知恵を貸してくださいよ。電話の件はどうです」

「電話の件？」

「まだお話ししてませんでしたっけ。タイ警察が、犯人からかかってきた電話の逆探知に成功したんです。ところがなんと、それが東京だった。わかりますか。犯人が、岡崎さんに身代金の受け渡しの指示をした電話は、東京からかかっていた。こんなことがありえますか。東京で電話をかけていた犯人が、どうやってバンコクで身代金を奪うことができたのか」

ここで言葉をとめて、沢木はちら、と賀来の顔色をうかがった。

「どう思います、神父さん」

「東京に共犯者がいた——とか？」

「そりゃ気がつかなかったなあ。さすが神父さんだ。わたしゃてっきり電話の転送だと思ってね。どうやったらそんな転送ができるのか。ずっと頭が痛かったんだが、——共犯者。なるほど。そういうことか。どうも神父さん、お邪魔しました」

沢木刑事は立ち上がると、突然いとまを告げてエントランスの方へ歩きだした。賀来があっけに取られて立っていると、刑事は途中で振り向いた。

「そうだ結城さんのことですが。彼も事件当日、バンコクにいました。岡崎さんが運んだ身代金を用意してくれたんです。一億という現金を。そのやり口が、実に手際よかった。ありゃあなかなかできることじゃない。何か結城さん、事件の話はしませんでした？」

「私にですか。いえ。何も」

「神父さん、結城さんとはどういうご関係なんでしょう」

「彼はこの教会の一信徒です」

沢木はもう一度そばに来て、自分の名刺を一枚寄こした。

「何かありましたら、連絡をいただけませんか。そこに電話番号が載ってます」

3

結城美智雄はパソコンのキーボードを叩《たた》く手をとめ、本部長の様子をうかがった。

ＬＡ新世紀銀行の本社ビルは、丸の内のオフィス街にある。東京駅と皇居にはさまれた一等地だ。ビルは特殊ガラスとステンレスでできた超現代的な造りで、中の個室も、ところどころ壁がガラス張りになっている。十階のフロアを占領しているコーポレートファイナンス部も、さながらガラス細工だった。

センターフロアに並んでいる平社員のデスクからは、コーナーにある次長室、本部長室は微妙に覗けない。だが、結城のいる次長室からは、ガラスの壁を通して、隣の本部長室の中がそっくり見える。

その朝、本部長の山下《やました》は、九時半を過ぎてからやってきた。山下孝志《たかし》といって、五十半ば、痩《や》せて顔色の悪い男だ。デスクにつくと、鞄から新聞を何種類も取り出し、次から次と読み散らした。何の記事を読んでいるかは、大きな見出しで明らかだった。先週バンコクで起きた誘拐殺人の続報だ。

ときどきデスクを立って、部屋の中を歩きまわった。ときどき煙草《タバコ》をつかんで部屋を出ていった。その間に何度もデスクの電話に手を伸ばしかけた。見るからに落ち着きがなかった。

この分ではそう長く待たされることはなさそうだ。

結城は通常業務をこなしながら、ガラスの壁を一枚隔て、冷ややかな目で見ていた。

午前十時二十五分、山下はついに我慢ができなくなった様子で、電話の受話器をあげた。短縮の登録はしていないようで、手帳を開き、慎重にダイヤルを押している。

結城はデスクの袖《そで》にある引き出しを開けた。携帯電話くらいの大きさの機器の中で、マイクロカセットテープが回っている。それを確認してから、コードレスのイヤホンを耳に差しこんだ。

「……山下でございます。お忙しいところ申し訳ございませんが……はい。先生をお願いいたします」

山下の声が明瞭《めいりよう》に聞こえてきた。受話器に仕込んだ盗聴器は思ったよりも性能がいい。やがて電話が取り次がれ、尊大でしゃがれた声がした。

「望月《もちづき》だ。どうした。また心配ごとか？」

民自党の衆議院議員、望月靖男《やすお》、現内閣の外務大臣だ。声の調子からすると、機嫌は悪くなさそうだ。

「岡崎さんの件は、まだ何の手がかりもないそうで……」と山下。

「ああ、そうらしい。気にすることはないがな」

「ですが、荒木《あらき》さんの件から一ヵ月です。何か不吉で」

「疑心暗鬼になってもしょうがあるまい。情報は逐一私のところへ上がってくる。心配するな」

「先生にそうおっしゃっていただけるなら」

「大丈夫だ」

「わかりました」

「それより娘の件だが、よろしく頼むよ」

「はい。承知いたしております」

「なあに、腰掛けだがね。なかなか頑張り屋だから。うんうん。じゃ松尾《まつお》くんに代わるよ。きみに少し用があるそうだから」

松尾というのは、望月大臣の第一秘書だ。金庫番と言われている。松尾がふた言三言囁《ささや》くと、山下の声が抑えた悲鳴のようにずり上がった。

「月末までに一億!?」

「次の選挙は厳しい戦いになりそうなんだ。その前には、わが党の総裁選がある。事情はおわかりでしょう」

「私どもも、しかし、そう簡単には……」

「岡崎さんが亡くなり、後援会の理事のポストがひとつ空いた。あなたの働き次第では、推薦しますよ」

山下の返事を待たず、電話は切れた。

結城はイヤホンを外し、ガラスの壁の向こうに目をやった。山下はデスクのそばに突っ立って、まだ受話器を耳に当てていた。呆然《ぼうぜん》とした横顔が見える。

結城はそのまま二分待った。そして腰をあげ、用意しておいた書類を一枚持って、隣の本部長室をノックしに行った。

「失礼します」

山下本部長はやっと受話器を戻したところだった。そのまま身体をふたつに折り、まるで電話を拝んででもいるような格好で、呆然としていた。

「おお、結城くんか」

入っていくと、山下は慌てた様子で顔をあげた。部下の手前、自分では威勢のいい顔をこしらえたつもりだったろう。だが、表情がぎこちない。

「本部長、さっきの電話は望月先生ですね」

「はは。さすが、図星だな。きみは何でもお見通しだ」

「ご心労、お察しします」

山下はデスクの上に散らかっていた新聞をかき集め、屑《くず》かごのところへ行って放りこんだ。戻ってくると、いすを引いてふらり、と腰をおろした。ただでさえ悪い顔色が、表情を失って土気色に見える。

結城はデスクに近づき、持ってきた一枚の書類を山下の前に置いた。ある口座の預金取引明細表だ。山下は怪訝《けげん》そうに手にとって、じっと数字に目を凝らした。

「竹菱建設の岡崎さんの隠し口座です。過去十年、下請け会社から入金されています」

「……まさか、これ」

「はい。本部長のお考え通り、その『まさか』だと思いますよ。岡崎常務が、会社から横領した金にちがいありません。一億を超えています」

山下は複雑な表情をして、預金の残高と部下の顔をかわるがわる見た。

「警察に……届けるか」

「岡崎常務は亡くなりました」

結城はものでも放ったような言い方をして、山下の顔にじっと目をあてた。山下は慌てて目をそらし、上目遣いにちらり、と結城の顔色をうかがった。

「警察に届ければ、岡崎さんの横領が明るみに出ます。死者に鞭打《むちう》つ、ことになりませんか」

「……確かに」

「この口座の記録を抹消すれば、岡崎さんの魂は安らかに眠るでしょう。そして一億の金が宙に浮く。誰も知らない、幽霊のような金です。望月先生のお役に立てるのではないでしょうか」

山下の目が泳いだ。大して有能ではないし、部下の扱いもうまいとは言えない。本来なら、この実力主義の銀行で出世できるような男ではない。それが何年も前に本部長に昇進し、今や役員の座を虎視眈々《こしたんたん》とうかがうポジションにいる。むろん、そうさせたのは、与党・民自党の重鎮望月靖男だ。

逆に言うと、もし望月を失えば、この男に明日はない。

「結城くん。きみの望みは、なんだね」

「望月先生に、いちどお目通りがかなわないか、と」

「それだけか」

「望月先生の後ろ盾で、本部長の出世が早まるのでしたら、それに越したことはありません。そして私も、何かと心強い」

「まったく……きみには恐れ入るよ」

山下は泣いているような顔で、笑った。

「ただちに預金の移動をはじめます。本部長の口座番号を」

結城はメモ用紙を差し出した。山下は自分の手帳を開き、ボールペンを取って口座番号を書きはじめた。そのときドアをノックする音がした。

山下は手をとめた。ドアは木製だが、両脇にガラスの壁がある。そのガラスの壁の向こうから、ひとりの男が部屋の中を覗きこんでいる。四十がらみのがっちりとした男だ。上着のポケットに折りたたんだ新聞をつっこみ、手には何も持っていない。

「ああ、刑事さん」

結城の声を聞いて、山下はびくっ、とその顔色をうかがった。

結城の冷ややかな表情は変わらなかった。山下におしまいまで口座番号を書かせると、そのメモ用紙をスーツのポケットに滑りこませ、ドアを開けにいった。

「確か警視庁の刑事さんでしたね」

「沢木と言います」

「現地ではお世話になりました」

結城はドアを開けたまま、振り向いて、山下に呼びかけた。

「本部長、岡崎さんの事件の捜査をなさっている刑事さんです」

「それはそれは……ご苦労さまです」

山下が上目遣いに立ち上がった。

「うちの本部長の山下です。今日は刑事さん、何か？」

「結城さんに少々うかがいたいことがありましてね」

「じゃ私の部屋へ。どうぞ。隣です」

刑事を外に追い出すと、結城は山下に目くばせをした。

「先方がお待ちなんで、本部長、これからすぐ出かけていただけますか。お願いします」

「あ、ああ。そうだったな」

山下は呑《の》みこみ顔で頷《うなず》き、外出の支度をはじめた。ここにいて、刑事にあれこれ訊かれると、果たして平静を保っていられるかどうか。それで結城が気をきかせたにちがいない。まったく至れり尽くせり、の部下だ。鞄を提げると、山下は急いで部屋を後にした。

　ガラスの壁からその後ろ姿を見送って、結城は来客用のいすを刑事に勧めた。

「銀行とは思えませんな。しゃれたオフィスだ」

「外資系ですから。コーヒーでも？」

「いや結構」

「刑事さんは、ふたりで行動するものだと思っていました」

「いるんですがね、相棒は。いつも迷子になっちまうんです」

　結城は氷の微笑を浮かべた。

「で、何です、刑事さん、訊きたいことって」

「たいしたことじゃあないんです。それより、あなたの手際に感心してね」

「というと？」

「犯人が、身代金の金額を伝えてきたのは、木曜の朝の電話です。それからたった二日で、あなたは一億もの現金を用意した。しかも、札のナンバーを全部控えて。こりゃあなかなかできることじゃない」

「竹菱建設は大事な取引先《クライアント》ですから」

「寝食を忘れて奔走した？」

「十五分ずつ、四回眠りましたよ。二日間で」

今度は沢木が微笑した。

「バンコクへは、いつ行かれたんですか」

「火曜の夕方着きました。竹菱建設の方から事件の知らせを聞いて、すぐ飛行機に乗ったわけです。おそらく身代金の要求がある、ということで」

「その前の日はどこにいました」

「月曜ですか。月曜の午前中、岡崎愛子さんがバンコクで誘拐されたとき、お前はどこにいたか、という質問ですか」

沢木刑事はにやり、とした。が、結城の細い顔は冷ややかに白い。

「月曜は東京にいましたよ。このオフィスで通常の業務をしておりました。ご覧の通り、ここはガラス張りです。なんならほかの行員にお確かめください。ああ、それより――」

結城はさっと立ち上がり、デスクの引き出しからパスポートを出してきた。

「出国スタンプを見ていただけばわかります。私が成田を発《た》ったのは、先週火曜の朝です」

沢木はパスポートを受け取り、出入国の記録を調べた。

「もし私をお疑いなら、残念ながら刑事さん、私には完璧《かんぺき》なアリバイがある」

「あなたを疑うなんて、滅相もない。有能な方がたまたま現場にいらしたんで、お知恵を拝借にきただけですよ。なにしろあの事件はわからないことだらけでね」

結城はパスポートを取り戻し、元通り引き出しに片づけた。振り向くと、沢木はその顔色を読みながら口を開いた。

「犯人は、岡崎さんが勤めている竹菱建設の方に、身代金を要求してきた。竹菱建設は、海外でのトラブルを想定し、危機管理費を予算に計上しています。だから一億という現金が用意できた。犯人も、あらかじめそう踏んだ上での犯行だったんでしょう。犯人は、なぜそんな会社の事情を知っていたのか」

「ゆえに犯人は、竹菱建設の内部にいる――と？」

「いかがですか」

「そうは思いませんね。それくらい、調べれば誰にだってわかることです。犯行は綿密な調査を踏まえ、用意周到に計画されていた、ということでしょう」

「用意周到。だとすると、身代金の受け渡し方法がずさんだったのはどういうわけでしょう」

「ずさん？」

「と言っては語弊があるが。実に古典的なんですよ。父親に現金の入った鞄を持たせ、携帯や街角の公衆電話を使ってあっちへ行け、こっちへ来い、昔から映画でやってる通りでね。たまたまあのときはうまくいったが、犯人側から見たら、危険極まりない。今ならコンピュータを使って、スイスの銀行でも経由して金を動かせば、アシはつかんでしょう。犯人は、何のためにあんなやり方をしたのか。どう思います」

「劇場型の犯罪で、犯人はそのプロセスを楽しんでいた」

「何十人もの捜査員が、自分の指示で右往左往するのを見て？」

「あるいは大金を抱えた父親が、右往左往するのを見て」

「岡崎さんは殺されました。娘さんも一緒に」

「お気の毒です」

「犯人は、身代金を奪ったあと、わざわざふたりを殺害した。なぜだと思います」

「顔見知り、だったんじゃないですか」

「営利誘拐は罪が重い。まして人質を殺害したとなると、死刑は免れない。犯人は、いったいどんな心境でこんな犯罪を犯したんでしょう」

「捕まらない、と思ってるんじゃないですか」

「自信家だと？」

「あるいは被害者に恨みがあったんでしょうか」

「営利誘拐ではなく、最初からふたりを殺すのが目的だった？」

「失礼しました。私はただの銀行員です。お喋りが過ぎました」

「どうも。お手間を取らせました」

沢木刑事はあっさり腰を上げた。が、部屋を出ようとして、「あ、そうそう」と振り向いた。

「もうひとつお訊きしたいことがあったんだ。岡崎愛子さんのことです。実に不思議なんです」

「何が？」

「愛子さんが誘拐されたのは、先週月曜の午前中です。射殺死体となって発見されたのは、土曜の夜。殺されたのは、土曜の夕刻四時頃と思われます。その間、五日。火、水、木、金、土曜とまるまる五日間、愛子さんは誘拐犯に監禁されていたわけです。ところが遺体を見ると、どこにもその痕跡《こんせき》がなかった。身体にも服にも、垢《あか》じみたところがいっさいなかったんです。顔にはきれいに化粧がしてあった。赤いミニのワンピースも、赤いハイヒールもぴかぴかだった。まるで誘拐されていた間、一日に三回風呂に入って、おいしいものを食べて、身体を磨いていたみたいに。変でしょう」

「誘拐されたとき、彼女の旅行用のスーツケースもなくなってましたね」

「犯人が一緒に持ち去ったものと思われます」

「そのスーツケースに、化粧道具も、服も、靴も入っていたはずです。土曜の朝、犯人は、これから解放すると彼女に言って身支度をさせた。若い女性です。垢じみたなりで出て行くわけにはいかない。で、彼女は風呂《ふろ》に入り、精一杯身ぎれいにして、新しい服と靴を身につけた」

「なるほど」

「別に変ではないでしょう」

「パンツが気になるんですよ、彼女がはいていたパンツが」

「彼女が着ていたのはワンピースです。パンツじゃない」

「いやいや、ズボンという意味ではなくて。ワンピースとストッキングの下にはいていたパンツ！　下着のことです。パンティ！　恥ずかしいなあ、大きな声で。外に聞こえない？」

「下着がどうしたんです」

「彼女がはいていたのはクリスチャン・ディオールのパンツでした。三万円するそうです。鑑識によると、これがまだ一回も水をくぐったことがない。で、現地の店に問い合わせたところ、バンコク伊勢丹に入っているテナントが一枚売ってました。三万円のパンツを買う人間はさすがに多くない。で、判明したわけですが」

「買った人間は？」

「そこまではわかりません。だが、売れたのは先週の水曜です。とすると、買ったのは犯人だ。当の愛子さんは監禁されていたんだから。ちがいますか」

「いえ。そういうことになりますね」

「誘拐犯が、三万円もするパンツを、人質のために買いますか」

沢木は上着のポケットにつっこんでいた新聞を出して、差し出した。

「ほかにもいろいろありましてね、わからんことが。詳しいことはこの記事に載ってます。よかったらどうぞ。どこで情報を仕入れてくるんだか、まったく新聞記者というやつは油断も隙もない」

沢木がぶつぶつ言いながら部屋を出ていってから、結城は手許《てもと》の新聞に目を落とした。

バンコクの誘拐殺人。深まる謎《なぞ》

大きな見出しで、記事は社会面の半分近くを埋めていた。東京中央新聞の今日の朝刊で、おしまいにその記事を書いた記者の名前がカッコの中に記してあった。牧野《まきの》京子《きようこ》という名の記者だった。

4

牧野京子は目を吊《つ》り上げた。社会部へ来て十一年、京子も三十五になった。もうくちばしが黄色いとは言わせない。自分の仕事にはそれなりの自負もある。

「記事を差し替える？　私の記事のどこがいけないんですか」

東京中央新聞社会部部長のデスクは陽だまりだった。部長はめったに窓のブラインドをおろさない。暗いデスクが嫌いなのだ。何かトラウマがある、という噂《うわさ》だが、詳しい事情を知るものはいない。

この日、部長のみごとに禿《は》げあがった頭は、午後の陽光を浴びてまばゆいばかりに光り輝いていた。

「今は殺された被害者親娘に同情が集まっている。きみの記事は、その読者感情を逆《さか》撫《な》でするものではないか、編集会議でそういう意見が出てね」

「三田《みた》さんですね」

「誰か特定の人間の意見、というわけではない」

三田だ。あの自称二枚目に決まっている。京子が社会部へ来てすぐの忘年会で、酔ったふりをして京子にキスをしようとした。反射的に股間《こかん》を蹴《け》りあげてしまった。あれを未《いま》だに根に持っているのだ。十年も前のことを。

「読者が喜ぶ記事を書け、というんですか」

「マーケットを意識しない新聞は流行《はや》らない、ということさ。これからは新聞も、真剣に生き残りをはからなければならない」

「何より事実を伝えるのが報道でしょう」

部長はデスクに手を伸ばし、牧野京子が書いた原稿を引き寄せた。

「竹菱建設は、危機管理費としてあらかじめ一億円の予算を計上していた。身代金の金額は、これとぴたり一致する。警察は、会社の内部事情に詳しい者が、犯行に何らかの関与をしている可能性も視野に入れている。それから、こうも書いてあるな。警察は、岡崎愛子さんの遺体にいくつか疑問な点があることを指摘していたが、今日、岡崎愛子さんが誘拐されている最中に、バンコク市内の有名店で買い物をしていたのではないか、という新たな疑問が浮かび上がった」

部長はそこまで読み上げると、原稿をデスクの端に置いた。

「きみの言う事実とはこのことかね」

「情報源はしっかりしています」

「被害者の岡崎親娘が、実行犯を雇い、営利誘拐に見せかけて会社の金一億円を奪った。ところが土壇場で、実行犯が岡崎親娘を裏切り、ふたりを射殺して金を奪い去った。きみの記事はそう言っとるぞ。これが事実だって？」

京子は何だろう、と目を細めた。部長のまばゆいばかりの禿頭《とくとう》の上で、何となく空気が揺れている。――あ、陽炎《かげろう》！

「どこを見とる。これが事実か、と訊いとるんだ」

「私は判明した事実を、正確に、読者に伝えているだけです。それをいくつか組み合わせ、そういう結論を引き出したのは部長でしょう」

「もういい。今回のきみの記事は、三田が書いたのと差し替えだ」

「ちょ、ちょっと部長！」

「落ち着け。今回は三田の言い分の方が正しい。たとえ岡崎親娘に疑惑があるとしても、今はそれを暴き立てるときじゃない。担当も三田でいく。いいな」

牧野京子は憤然として自分のデスクに戻った。三田はいち早く逃げていて、デスクは無人だった。見まわすと、まわりの社員がみな京子の視線を避けて、目をそらせた。京子がなぜ部長に呼ばれたのか、みんな知っているのだ。

京子はどすん、といすに腰をおろし、パソコンに灯《ひ》を入れた。が、何もやる気がしない。やることがない。担当していた岡崎事件を突然外されたのだ。ほかの仕事になんか頭が切り替わらない。

ハンドバッグを持って席を立ち、一階上にある資料室に向かった。新聞社の資料もどんどんデジタル化されて、たいていはパソコンで検索できる。が、中にはそうでないものもある。デジタルでなく、人間の手で整理された資料を調べていると、ときどき思いがけない発見もある。このときは、とにかく自分のデスクにいたくない、という動機の方が強かったが。

資料室に入ると、京子はスチールの引き出しをどんどん開けて、記事のファイルを漁《あさ》った。

「大丈夫ですか」

後輩の溝畑《みぞはた》という男の記者が、おそるおそる声をかけてきた。京子の剣幕を見て、社会部の部屋からあとを尾《つ》けてきたにちがいない。京子は引き出しを全部開けっぱなしにして、隣の棚へ移った。またどんどん引き出しを開け、それも開けっぱなしにして次の棚に移った。

溝畑はそれをひとつずつ丁寧に元に戻し、京子のあとをついてきた。

「読者感情ってなんなのよ」

「根回しですよ。先輩はそれが下手なんです」

「報道をいったい何だと思ってるの」

「三田さんはそれがうまいんです。編集会議がはじまる前に、みんな自分の味方につけちゃってる。あれじゃあ牧野先輩、勝ち目ないです。部長なんか、もう完全に三田さんの言いなりでしょう。ちょっとは考えてくださいよ」

「あれは単なる誘拐じゃないわ。絶対裏に何かある」

「そんなこと言ったって、担当から外されたら意味ないでしょう。自分のやりたい仕事をするためには、もう少し世渡りってことを考えないと――」

「担当が何よ。私は自分の仕事はやめないわ」

「そんな暴走したら、報道からも外されますよ」

「あんた、さっきから邪魔。どきなさい」

「さっきから何を捜してるんです」

「この事件に、何か役に立つ資料」
「なんですか、それ」
「わかれば苦労しないわよ」
　京子は片っ端からスチールの引き出しを開け、片っ端から記事の切抜きを漁ってい
った。溝畑はしばらくそれを眺めていたが、やがて諦《あきら》めて戻ろうとした。そのとき、
京子の手がとまった。
「何か見つかりました?」
　京子はうつむいてくすっ、とした。
「陽炎ってさあ、人間の頭の上にも立つんだね。あたしはじめて見たよ」
「何の話です」
「部長よ。部長の禿げ頭。さっき見てたらさあ、頭のてっぺんに陽が当たって、陽炎
が立って、空気がゆらゆら揺れてるの。あたしもうおかしくって……ぎゃははは」
「あとは自分で戻しといてくださいね、開けた引き出し。出した資料。うるさいんだ
から、ここの管理!　まったく、もう。ひとが心配して一生懸命フォローしにきたの
に」
　溝畑はむくれ、ぶつぶつ言いながら棚の間を戻っていった。

「あった！」

資料室を出かかった溝畑は、京子の叫び声を聞いて、足をとめた。

「さっきから何か引っかかってたの。いつか、ここで、何か大事なものをあたしは見た。しかし、それが思い出せない。何だっけって。——見つけたわ」

仕方なく戻っていくと、京子はそう言って一冊のスクラップ・ファイルを溝畑に向けた。

バラバラ殺人、身許判明

「先月、荒川の土手で起きたバラバラ殺人事件よ。覚えてる？」

「ええ、まあ」と溝畑は頷いた。

四月下旬の日曜日、足立区に住む中年の主婦が、犬を連れて荒川の土手を散歩していた。コースはいつも決まっている。犬もおとなしくその道を歩く。が、野球場を過ぎ、地ならしのブルドーザーが見える荒れ地のそばを通りかかると、犬は急にリードを振り切って駈けだした。主婦はびっくりして追いかけた。が、一瞬見えなくなった犬は、すぐに何かくわえて戻ってきた。

主婦はしゃがみ、何だろうと手を伸ばした。そして腰を抜かした。犬が嬉《うれ》しそうにくわえてきたのは、人間の手首だった。

主婦が携帯で一一〇番をして、ほどなく機捜が飛んできた。所轄と警視庁の捜一も駈けつけた。彼らが付近を捜索し、やがてバラバラに切断された男の遺体を発見、回収した。はじめは黒いビニール袋に詰めてあったのだが、野犬がそれを食い破り、中の遺体が散乱したと思われた。

翌日、被害者の身許が判明した。荒木重和《しげかず》、四十八歳。大手商社、住田《すみだ》商事の部長だった。

「もういっぺん、記事、読んでみて」

「いえ、いいです」

「何言ってるの。読みなさい」

「読みたくなんかないですよ。それは僕が書いた記事！　必死に徹夜して書いたのに、デスクにさんざん直されて。あったま来るなあ、また思い出した」

「あなたが書いた。この記事を？　だったら話が早いわね。岡崎事件と荒川のバラバラ殺人事件、このふたつには共通点があるでしょう」

「共通点？」

「殺された岡崎俊一さんの出身地はどこ」

「島でしたよね。確か伊豆諸島の先っぽの……なんでしたっけ。なんとかっていう聞いたこともない小さな島」

「沖之真船島《おきのまふねじま》」

「それが？」

「バラバラ殺人事件の被害者、荒木重和の出身地は？　ほら、記事のここに書いてある」

「あ。——沖之真船島」

「自分で書いて、どうして気がつかないの」

「だってそこは僕が書いたんじゃないもん。デスクが勝手に付け足したんです、出身地」

「こういう肝心なことを書かないから、デスクに原稿を直されるんでしょう。何年社会部やってんのよ。——で？」

「何ですか。『で』って」

「このバラバラ事件の捜査、今どうなってるの？」

「完全に暗礁に乗りあげちゃったみたいですよ」

殺人事件の場合、被害者の身許が割れれば半分は解決したも同然、とよく言われる。殺すほどの動機を持っている人間は、被害者の周辺にそう多くないからだ。おのずと容疑者は絞られてくる。

この荒川のバラバラ殺人事件もそうだった。捜査員が被害者の身辺に聞きこみをかけ、まもなく殺害現場が判明。それと同時に容疑者が浮上した。荒木重和は最近になって愛人ができたという噂で、彼女のために浅草にマンションを借りていたのだ。殺害現場はそのマンションだった。バスルームには、死体をバラバラにしたとおぼしき血のりがふんだんに残り、そこに住んでいた愛人が消息を断っていた。

マンションの賃貸契約書によると、愛人の名前は井本佳央里《いもとかおり》。

捜査本部は、井本佳央里に容疑をかけて彼女の行方を追及した……。

「被疑者の名前までわかっていて、どうして捜査が進展しないの」

「名前とか本籍とか、賃貸契約書に書いてあったこと全部でたらめでね。仲介した不動産屋も、マンションの管理人も、彼女の顔も見たことがないって始末で」

「誰か見たひとはいるでしょう。野中の一軒家じゃないんだから」

「ええ二、三、荒木重和と一緒に歩いているところを見た、という彼女の目撃情報はあります。背が高くて、痩せていて、ものすごくスタイルのいい女だったそうです。

荒木の方は一六三センチ、七十キロのおっさんでしょう。一緒に歩いていると、高い樹《き》にゴリラがぶら下がっていたみたいだって」

「バレーボールかなんかやってた女じゃないの」

「あ、その線もあたってるみたいですけど」

「でも、足取りはつかめない？」

「消えちゃったみたいですねえ。まるで狐《きつね》が化けていたみたいに、ぱっと消えた。どこかひと目につかないところで、もう自殺してるんじゃないか。捜本にはそういう意見も出てるそうです」

京子はふうん、と考えこんだ。

「でも先輩、被害者の出身地が同じだからって、そんなことが問題ですか。出身地が同じ人間なんて、世の中にはごまんといるでしょう」

「ここはいないの。この島の出身者は。もともと人口六百人って島だったのよ。そして何か問題あり、の島だったの」

「だった、だった——まるでもう島がなくなったみたいな言い方ですね」

「島はあるわ。でも、住民はいなくなった。六百人の住人が、ある日突然消えちゃったのよ。以来今も、島にはひとりの人間も住んでいないはず。ちょっとおかしいと思わない？」

「知らなかったなあ。先輩、Xファイルのファンなんだ。そうかモルダー！　あの手の男が好みなんだ。趣味悪ううっ。モルダーって、先輩、セックス依存症で入院してるんですよ、知ってます？」

「あんた邪魔だからどっかへ行って。あたしはここで調べものするから」

「手伝いますよ、調べもの。先輩が担当をはずされて、こっちも暇しちゃったんです。記者魂が飢えている。何か仕事ください」

「だったら岡崎俊一と荒木重和、このふたりの共通点を捜して。出身地のほかに、何か共通点はないか」

溝畑が「了解」と離れていくと、京子は資料室の隅のデスクへ行って、パソコンを叩いた。

沖之真船島
東京の南海上およそ二八〇キロに浮かぶ伊豆諸島の島。直径八キロのほぼ円形をした島。伊豆―小笠原海嶺《かいれい》の上にあり、第四紀更新世の後期に起きた海底噴火で、島が形成されたと考えられる。

昭和の頃には人口六百を数えたが、平成に入ってから急激に過疎化が進み、平成××年に島を襲った大火災（山火事か？）によってすべての住民が流出し、現在は無人島となっている。

京子はパソコンの画面に映った沖之真船島の絵図と概略をじっと見つめた。平成××年に大火災。山火事か？

5

炎が、黄昏《たそがれ》の空を焦がしていた。

いつ、どこから火の手が上がったかわからない。気づくと、村のあちこちが燃えていた。住民たちが逃げまわり、ひとり、ふたりと倒れていた。ふたりの少年は気象観測小屋に隠れ、震えながら、炎上する村を見ていた。

六月はじめの晴れた日だった。ふたりは下校すると、釣《つ》り竿《ざお》を担いでこっそり島の真ん中にある貯水池へ行った。鯉《こい》が釣れるのだ。村役場の環境課が放した鯉で、捕るのは禁止されている。学校でも、担任の先生が「貯水池で鯉を釣ってはいけない」と何度も言った。

そう言われると、その気がなくても釣りたくなる。ふたりの少年は、家から釣り竿を持ち出して、内緒で出かけていった。昼を過ぎて急に暑くなったので、ふたりとも半袖のTシャツに半ズボンという格好だった。

貯水池の水はきれいだった。池のふちに近づくと、水の中で泳いでいる鯉の姿が見えた。

ふたりは釣り針に餌《えさ》をつけて、放りこんだ。

少年のひとりは、銀の十字架を胸に下げていた。明るい陽が当たると、その十字架はきらりと光を放った。ふたりともじっと浮きを見つめていたが、何の反応もなかった。飽きてきて、もう帰ろうとしたとき、結城が一匹釣り上げた。

「すげえ」

賀来は叫び、釣り糸の先の鯉を陸《おか》にたぐりよせようとした。

「だめだ。死んじゃう」

結城は鯉を池の中に入れたまま、そっと釣り針を外した。そして鯉の両側に手を添えて、鯉が自分で泳ぎ出すまでじっと身体を支えていた。

「釣られた魚はショックで気絶してるからさあ、すぐに放すと、溺《おぼ》れちゃうんだ。爺《じい》ちゃんが言ってた」

鯉が水中を泳いでいって見えなくなると、にこっと笑ってそう言った。

賀来も一匹釣りたくなって、また釣り糸を貯水池に放りこんだ。結城はそれからはもう釣ろうとせず、賀来の釣り竿の浮きを見ていた。三十分か一時間か、どれくらいの時間そうしていたかわからない。ふっと顔を上げると、空はライラック色に染まっていた。

ふたりは慌てて帰途についた。結局賀来は、一匹も鯉が釣れなかった。何でもそうだ。結城は何でもうまくやるのに、賀来は何をやってもうまくいかない。

「なんでだよお……」

賀来はしょげて、結城は笑い、ふたりは急いで裏山を越えた。目の前にぱっと炎が立ったのは、村の外れの気象観測小屋にさしかかったときだった。

「火事だ」

賀来は叫び、村に向かって駈けだそうとした。その腕を、結城が後ろからつかんだ。

「待て。おかしい」

結城の言う通りだった。火事にしては、村の様子がおかしかった。消防車も出ていない。誰も火を消そうとしていない。村のひとたちは炎の中を、何かから逃げるようにあちこち駈けまわっている。気象観測小屋に隠れて様子をうかがっていると、やがて異様なものが目に飛びこんだ。

白い宇宙人だ。ガスマスクをつけ、全身を白い宇宙服みたいなものに包んでいるので、そう見えた。

白い宇宙人はガスバーナーを持ち、次から次へと家に火をつけていた。地面に倒れている村人を焼き払っている者もいた。逃げまわる村人を軽機関銃で撃ち倒している者もいた。

村の様子がわかるにつれて、賀来は身体の震えがとまらなくなった。思わず結城にしがみついた。

「結城……結城……」

結城は背中に腕をまわし、賀来の身体を抱き寄せた。

「だまれ。見つかる。声を出すな」

「こわいよ。こわい。こわい」

「逃してやる。大丈夫だ。俺がいる」

結城はぎゅっと賀来を抱きしめた……。

「結城！」

賀来は叫んで飛び起きた。身体中が汗でぬるぬるだった。ハンカチを額にあてて、荒い呼吸を何度も繰り返した。あれから何年経ったろう。あのときの島の光景が、未だに夢の中で甦《よみがえ》る。

「しんぷさま、どうかしたの」

窓が開いていて、隣の養護施設にいる女の子が怪訝そうに覗きこんでいた。海辺の教会の司祭館だ。足下に聖書が落ちている。いすにかけて、聖書を読んでいるうちに、またあの悪夢に引っぱりこまれたのだ。

「いや、何でもない。どうしたミオ」

「イエスさまの、うまごやができたの。みんながしんぷさまに、みてほしいって」

「わかった。行くよ」

ミオが養護施設の方に駈けていくと、賀来は溜め息をついて立ち上がった。

「先輩、ほかにもありましたよ、岡崎と荒木の共通点」

長い夕暮れがはじまってしばらく経った頃、溝畑が古い新聞記事のコピーを何枚かノートにはさんでやってきた。

「まずその一。ふたりとも、望月外務大臣の後援会員でした。理事です」

牧野京子はパソコンの画面から目を離し、溝畑が差し出した記事のコピーを見た。

「その二は？」

「ふたりとも、十六年前の秋に転職してます。それまでは、ふたりともぱっとしない会社に勤めていたんですがね。バラバラ事件の荒木重和は、十六年前の十月、大手総合商社・住田商事に入社しました。誘拐事件の岡崎俊一は、十六年前の十一月、準ゼネコンの竹菱建設に入社しました」

「住田商事も竹菱建設も、昔から望月大臣と縁が深いと言われている会社ね」

「共通点その三。ふたりとも、中途採用であるにもかかわらず、以来どんどん出世していった。普通この手の大会社は、学歴と血統でほぼ出世が決まっちゃうもんでしょう。異例です、この出世は」

「望月大臣の後ろ盾――それも相当強い引きがあったってことね」

京子はパソコンの画面に目を戻した。

「十六年前って、平成××年よね。ぴったりこの年じゃない。これはひょっとすると、何かでかいヤマ掘り当てたかもよ。おもしろいことになってきた」

「何を見てるんですか」

溝畑は斜め後ろに首を伸ばし、京子のパソコンを覗きこんだ。

「毎朝新聞が、昔、社会面に連載しようとした記事。タイトルは、〝沖之真船島の疑惑〟」

「連載しようとした?」

「つまり、途中で打ち切りになったってこと。途中というより、第一回が載っただけ。あとはどんなに捜しても出てこないの。一回載って、それで打ち切りになったんだと思うわ」

「ちょっといいですか」

溝畑は横から手を伸ばし、画面をスクロールして記事の冒頭を出した。

「本当だ。総力取材。沖之真船島の疑惑。連載第一回、となってますね。かなりリキ入ってるように見えますけど。この第一回には何が書いてあるんです」

「自分で読みなさいよ」

「先輩のレジュメの方が、頭に入りやすいんですよね」

「平成××年の六月、沖之真船島で大火災があって、おおぜいの犠牲者が出た。それがきっかけで、住人はみな離島。以来、島は無人となった。この大火災、当初は山火事という発表で、マスコミもみなそういう報道をした。しかし、ここに重大な疑惑が浮上した。本当にあれは山火事だったのか」

京子はそこで口を閉じた。溝畑は不満そうに横目を使った。

「その先は？」

「連載第二回のお楽しみ」

「山火事でないなら、なんだというんです」

「わからないわ。それが書いてある第二回、第三回の原稿が載らなかったんだもの」

「いつ頃の記事ですか」

「平成××年、今からちょうど十年前」

「書いた記者の名前、載ってないですか。特集はたいてい署名記事でしょう」

「書いたのは毎朝社会部の川村憲明《かわむらのりあき》という記者」

「だったら毎朝に電話して、そのひとに直接話を聞いたら？」

「川村記者は亡くなってる。この記事の連載が中断したあと、三ヵ月くらい経ってから、交通事故で亡くなった」

溝畑は両手を顔にあて、ぎゅっとまぶたを押した。

「先輩が目の色を変えるはずだ。いよいよXファイルだなあ。今日はもう遅いんで、明日になったら――」

「ちょっとあたし、出かけるわ」

「えっ」

京子はパソコンの灯を落とし、ハンドバッグを持って立ち上がった。

「あなたはここで、望月大臣について調べておいて。わかることは全部」

「これからですか？　もう退社時間が迫ってるんですけど」

「あんた、記者魂が飢えてるんじゃなかったの」

京子が靴音を立てて行ってしまうと、溝畑はふらり、といすに腰を落とした。

「記者魂と退社時間は別でしょう」


望月靖男外務大臣は、その夜、娘の加奈子《かなこ》を伴って赤坂の料亭で食事をした。ＬＡ新世紀銀行の山下本部長が、結城を連れて同席した。

食事をしている間、望月大臣が持ち出す話題はもっぱら娘の加奈子のことだった。四十を過ぎてから授かったひとり娘だそうで、頰は緩みっ放しだった。

「だからほら、二年ばかり向こうの大学に留学していたもんだから、外資系の会社に就職したいと言い出してね」

「わかりますよ、お嬢さまのお気持ちは。お得意の英語を生かしたい、と」

「考えてみたら、きみんとこの銀行、外資系だろ。娘にちょっと話したら、是非勤めたい、きみに頼んでくれって泣きつかれてね」

「光栄です。お嬢さまにそう言っていただいて」

「まあ、そんなわけだ。加奈子をひとつよろしく頼む。加奈子も期待に応《こた》えて頑張るんだぞ」

望月加奈子は「はい」と言い、山下に向かって丁寧に頭をさげた。EGOIST《エゴイスト》のベーシックスーツを着て、きちんと膝を揃え、一見したところ良家のおとなしいお嬢さまに見える。だが、目尻はきりっと吊りあがり、高慢ちきな表情は隠せない。

「じゃあ加奈子、パパはこれから少し仕事の話があるから」

食事が終わると、望月はそう言って加奈子を促した。

「ではお嬢さま、うちの銀行に来ていただく件につきましては、また後日、私の方からご連絡を差し上げますので。どうか、よろしく」

「こちらこそ、よろしくお願いします」

加奈子が帰り支度をはじめたのを見て、山下も腰を浮かせた。それより早く、結城はすっと立ち上がった。

「本部長、お嬢さまのお見送りは、私が——」

「そうかい」

山下は一瞬虚をつかれたような表情をしたが、望月と加奈子の顔を見比べ、頷いた。

「じゃ、きみに頼もうか。こういうことは若いひとに任せた方がよさそうだ」

「どうぞ。お嬢さま」

結城が加奈子をエスコートして部屋を出ていくと、入れちがいに秘書の松尾が入ってきた。

「今日はお時間をいただいて、まことにありがとうございました。松尾さん、例の件でございますが、うちの結城の方からお話をさせていただきたいと思いまして」

松尾はちら、と望月の方に視線を走らせた。望月が口をへの字にした。あんな若造に、という顔だ。山下は敏感に空気を読んで、「いえいえ」と大きく手を振った。

「どうか、ご心配なさらずに。結城はうちの銀行の〝金の卵〟などと言われております。まだ二十八でございますが、専務秘書、社長秘書と出世コースを順調に歩き、すでに現在コーポレートファイナンス部の次長。将来、うちの銀行を背負って立つ男になること、まちがいございません。必ずや、先生のお役に立てると存じますので」

「失礼します」

襖《ふすま》の向こうで声がして、結城が戻ってきた。山下はおっ、早いな、という顔をした。

望月も松尾も、顔には出さなかったが同じ印象を抱いた。その短い時間に、結城と加奈子がふた言三言、個人的な会話を交わしたことは誰も気づかなかった。

「結城くん、あまり先生のお時間を拝借しては申し訳ないから。例の話を」

結城は頷き、まっすぐ望月の顔を見て、口を開いた。

「手許に一億ほど、自由にできるお金がございます」

「ほう」と望月。「それがいったいどうしたんだね」

「お国のために、お役に立てていただけないか、と」

望月は無言で酒を口に運んだ。眉《まゆ》ひとつ動かさない。

「世の中、四角四面ではどうにもならないこともあると存じます。先生のお力でこそ、生きる資金もあるのではございませんか」

望月は沈黙を守ったまま、隣にいる山下を見た。

「結城は私の右腕です。実はこれまでも、彼にはいろいろ手伝ってもらっておりました。もちろん私も、これまで通り働かせていただきますが、いつか、もしもという場合もあるやも知れません。保険のためにも、今回こうしてご紹介にうかがった次第です」

「そうですか。高い志に感謝します」

松尾が言った。望月はその言葉に頷き、盃《さかずき》を置いた。

「政治というのは難しい。理解してくれる支持者がいるというのは、頼もしい限りだな、松尾くん」

山下が結城に目配せをくれ、ふたりは大臣に向かってうやうやしく頭を下げた。

「呆《あき》れたひとね。あなた、いつもこんなことやってるの」

「こんなこと、と申しますと？」

「すました顔してよく言うわ。わかんないなら言ったげる。あなたいつも、はじめて会った女を無理矢理ホテルに連れこむの？」

「さきほど私がお見送りに立ったとき、お誘いになったのは、お嬢さまの方だったか、と」

「あたしはからかっただけよ。真に受けるなんて、非常識もいいとこ」

「なぜでしょう」

「結城美智雄と言ったわね。あんた、ばっかじゃないの。あたしは望月靖男の娘よ。あたしがパパに告げ口したらどうなる？　あなたの将来、それで終わりよ」

「ホテルでお嬢さまのご不興を買えば、という話でしょう」

「げっ。あんたトム・クルーズか何か？　パパの靴でも舐《な》めてなさいよ。あたしがあんたなんかに抱かれる、とでも思ってるの？」

結城は一歩踏み出し、望月加奈子の顔を張り飛ばした。加奈子は悲鳴をのんで、ダブルベッドの反対側までふっ飛んだ。

「女！　顔に傷をつけたくなかったらケツを出せ」

売れ残りのデコレーションケーキみたいなそのホテルは、赤坂から六本木へ抜ける坂道に建っていた。部屋はひとつずつ仕かけがあって、ふたりが入った部屋は〝マドモアゼルO《オー》〟といった。

結城は加奈子を裸にすると、革の腕輪と首輪をつけて、両手を鎖で鉄格子につないだ。両手は床に届きそうなところにつないだので、加奈子は馬のような格好になった。

結城は後ろにまわり、加奈子の尻を鞭《むち》で叩いた。

加奈子はされるがままだった。生まれてはじめて張り飛ばされて、呆然自失の状態だった。わけがわからないままつながれて、わからないまま鞭で打たれ、その痛みでやっとわれに返った。

「やめて。痛い。何するの」

結城は構わず鞭で打った。加奈子はすぐに泣き出した。

「やめて。いいわ。いいからやめて」

「何がいい？」

「抱いていいから」

「勘違いしてるみたいだな。お前の身体になんか興味はない」

結城は鞭を放り出し、バスルームへ行って湯を出した。湯がたまる間に携帯のメールをチェックした。たまるとのんびり湯につかり、髪を洗った。身体もスポンジでこすって洗い流した。出るとバスタオルで身体を拭《ふ》き、バスローブを身にまとった。髪はゆっくり乾かして、丁寧に櫛《くし》を入れた。

加奈子は馬のような格好で汗をかき、すすり泣いていた。

結城はそばへ行って、背筋にそって手を滑らせた。加奈子はぶるっと身震いし、太ももをこすりつけるようにして身体をくねらせた。

「ねえ……」

「何だ」

「抱いて」

「駄目だ」

結城はまた鞭を取って、尻を叩いた。加奈子は泣きながら身を揉んだ。

「お願い。抱いて。何でもするから」

結城は溜め息をついて、バスローブを下に落とした。


毎朝新聞の古参記者は、大手町のビルの谷間で屋台のラーメンを食べていた。その顔を横からちら、と覗き、牧野京子は軽く肩を叩いた。

「ご無沙汰《ぶさた》してます、山本《やまもと》さん。東京中央新聞の牧野です」

「おお、京子ちゃんか。偶然――ってことはないよねえ」

半白の髪を振り乱した記者は、そう言ってにやりとした。

「ライバル新聞の記者がなんの用だい」

「ちょっとお聞きしたいことがあって」

「三分待ってくれる。これ食っちまうから。京子ちゃんもどう。うまいよ、ここの葱《ねぎ》ラーメン」

京子は屋台に貼《は》ってある品書きを眺め、日本酒をコップで頼んだ。山本記者は「いいねえ」と笑い、ラーメンをずるずるっとすすった。

屋台にはいすが三つしかなくて、坐《すわ》れない。京子は歩道の隅に置いてあるビールのP箱に腰を下ろし、温《ぬる》めに燗《かん》のついた酒をひと口飲んだ。その気になれば、ぐいと空けてしまうこともできるが。

「いいなあ京子ちゃん、コップ酒の似合う女ってのは、最近めっきり貴重だよ」

山本記者がラーメンを食べ終えてそばに来た。

「どうぞ。よかったら」

京子はほとんど残っている酒のコップを差し出した。

「いいの？　じゃいただこうか。京子ちゃんのお流れを断る手はない。何でも訊いていいよ。この状況だもの、何でも答える」

「沖之真船島の疑惑って何ですか」

山本記者は飲もうとした酒をぷはっ、と吹いた。

「十年前、毎朝でそういう記事の連載がはじまりましたよね。でも一回だけで、すぐ打ち切り。あのとき書こうとした疑惑って、何だったんです」

「それ、ちょっと駄目だなあ。ほかのこと訊いて」

「あれは本当に山火事だったのか。第一回の記事はそこで終わってます。つまり、あれは山火事ではなかった、ということですね」

「そうも、読めるね」

「でも、何が火事の原因だったかは、言えない？」

「その点に関しては、俺も確かなことは知らない、というのが正確な答えだな」

「連載が打ち切りになったのは、どこかから圧力がかかったからですか」

「それもちょっとなあ」

「はじまってすぐ、何の説明もなく打ち切りなんて――」

「そう思われても仕方ないよなあ」

「望月大臣はこの件に関係してますか」

「えっ」

「十六年前、沖之真船島で大火災があったとき、現外務大臣である望月靖男は、防衛庁の長官でした。あの大火災には、米軍の海兵隊が出動してますよね。島にアメリカの海洋研究所があって、そこの所員を救助する、という名目で。日本の自衛隊も、島民を救助するために出てますよね。だとしたら、防衛庁の長官である望月靖男が、当然その陣頭指揮に当たっていたと思いますが」

「京子ちゃん、ほかのこと訊いてよ」

「川村憲明さん、亡くなったんですよね。交通事故と聞きましたが」

「そう。首都高でね。優秀な記者だったけど。もういいじゃないか、昔のことだ」

「昔じゃありません。十年前です。川村さんが亡くなったのは、沖之真船島の疑惑を書こうとして、その記事が中断、その三ヵ月後です。本当にあれは交通事故だったんですか」

「怖いこと言わないでよ」

「何でも答えるって、何にも答えてないですよ、山本さん」

山本記者は黙って温い酒を飲み、夜空に聳《そび》える毎朝新聞の社屋ビルを見上げた。

「お願いします。ひとつでいいから、何か答えて」

6

沢木はひと形の標的に向かって拳銃を撃った。一発。二発。三発……。銃声がするたびに、標的の頭部、胸部に次々と実弾が穴を空けていった。

警察官は、射撃訓練には実弾を使わないと思われている。確かに所轄や地方の小さな警察署が、裏の道場などで射撃訓練をするときは、プラスチック製の模擬弾を使う。あるいは弾丸を抜いた拳銃で、「空撃ち」と呼ばれる練習をする。

しかし、警視庁本部庁舎にある射撃訓練場では、たいてい実弾が使われる。

今、沢木が撃っている拳銃は、アメリカS&WのM37エアウエイト。装弾、五発。三八口径のリボルバーだ。日本の警察はニューナンブM60を主力として使っているが、あのモデルとなった拳銃なので、扱いはほとんど変わらない。撃ちつくすと、また回転弾倉に弾丸をこめ、ひと形の標的を狙《ねら》った。

標的は、白いチョークで人間の姿が描かれた黒いボール紙だ。狙いをつけると、そのひと形がバンコクで追跡した岡崎事件の容疑者に見えた。

真っ白なスーツを着た長身の男だった。細面にサングラスと口髭をつけていた。

その男を見かけたのはランカムヘン通りのアレクサンダー・ホテルだった。誘拐犯が、ホテル内のクリーニングシューターを使って身代金をすり取ったことが判明し、タイ警察はホテルの出入り口を封鎖しようとした。その寸前、銀色のスーツケースを提げてホテルを出て行ったのがその男だ。沢木はロビーですれちがい、なんとなく気になって振り向いた。

ホテルの前で、タイ警察のふたりの制服警官が、白いスーツの男を呼びとめた。職質をかけ、スーツケースの中身を調べようとしたようだ。その警官がふたりとも、あっという間になぎ倒された。白いスーツの男は平然とその場をあとにした。

「あいつだ」

沢木は叫び、ホテルの前に飛び出した。表の歩道のほぼ五十メートル先、白いスーツの男も気づいて走り出した。

歩道はひとであふれていた。それが沢木の追跡の邪魔をした。四十歳という年齢も、六十八キロという体重も、沢木の追跡を困難にした。ふたりの差は開き、白いスーツの男が飛びこんだバンコク高架鉄道は、沢木を残して発車した。

しかし、沢木は諦めなかった。バンコク高架鉄道は、モノレールと呼ばれているように、車両が頭上を走る。通りから見える。

タクシーを停《と》めると、沢木は無理矢理運転手をひきずりおろし、自分でハンドルを握ってモノレールを追った。白いスーツの男は、それにも気づいていたと思う。目の前の中空を行くモノレールの車両から、ときおり追ってくるタクシーを見下ろしていた。

バンコクの運転手は、世界一運転が荒っぽい。中古のおんぼろ車が多いから、少しくらいぶつけても気にしない。それがこのときは幸いした。沢木はあっちの車、こっちの壁にぶつけながらつっ走り、モノレールと同時に次の駅にたどり着いた。

携帯が鳴ったのはそのときだった。出ると、橘《たちばな》という若い刑事が叫んだ。

「沢木さん、どこですか。大変です。岡崎さんが消えました」

「なんだって」

「ホテルでお嬢さんを待つって、さっきひとりで帰ったんです。でもホテルには戻ってません」

そんなやりとりに気を奪われ、ふっと見ると、白いスーツの男は駅の階段を駈けおりていた。沢木はそっちへ向かって走り出した。が、間一髪、敵は駅前を走っていたオートバイを奪って逃走した。あいにくまわりには四輪の車しか走っていない。駅前の市場の細い路地につっこんでいったオートバイは、車では追跡できない。やむなく沢木は、自分の足で追いかけた。

四十歳、六十八キロの男にしては、超人的な追跡だった。『フレンチ・コネクション』の殺し屋を追いかけたあの刑事ポパイを髣髴《ほうふつ》とさせた。しかし、敵はオートバイだった。

沢木は途中で拳銃を出し、逃走するオートバイに発砲した。人ごみの中での発砲は危険きわまりない。下手をすると、自分の首が飛ぶ。一か八かの賭《か》けだった。

弾丸はオートバイ後部のどこかにあたった。驀進《ばくしん》していたオートバイはふらついて減速し、やがてふらり、と転倒した。後ろの座席に積んであった銀色のスーツケースが、道に落ちて転がった。白いスーツの男は倒れなかった。片足を路面についてすっと立つと、そのまま人ごみの中に走りこんだ。

沢木がそこまで行って見まわしたときには、もう完全に行方が知れなくなっていた。

だが、スーツケースは取り戻した。沢木は半分ほっとして、開けた。しかし、中は空っぽだった。それも敵の陽動だったのだ。のちの調べで、宅配業者が同じような銀色のスーツケースを、ほかの客が預けた大量の荷物とともにホテルから運び出したことが、確認された……。

くそ、と叫び、沢木はひと形の標的に向かってばんばん銃を撃った。

捜一のデスクに戻ってくると、若い橘刑事が解剖の所見書を持ってやってきた。

「沢木さん、まちがいないそうですよ。岡崎愛子の遺体から、薬物がはっきり検出されました」

「そうか」

「あの女、やっぱりあやしいんじゃないですか。友だちに聞きこみしても、ろくな噂が出てこないし。聞いてるんですか、沢木さん」

「俺はこの目で見たんだよな、あの誘拐犯。くそ」

「それは聞きましたけど——」

「真っ白なスーツを着てさ、近くへ行くと背筋が寒くなるような……そうだ幽鬼みたいなやつだった」

「ユウキ？」

「幽霊と鬼を足して二で割ったというか。知らないかお前、幽鬼って」

「いや事件の関係者に、ユウキって男がいるもんだから」

「そうか結城！　偶然だな。あいつ結城美智雄と言ったっけ。おい、ついてこい」

立ち上がると、沢木は上着をつかんでさっさと歩きだした。

「ちょっと沢木さん、どこ行くんです」


ＬＡ新世紀銀行の本社ビルの下は、真ん中に大理石の噴水を配したオープンエリアになっていた。コーナーには、丸いテーブルをいくつか置いたカフェテラスもあった。

沢木は店の中で買ったコーヒーの紙コップを持って、カフェテラスに席をとった。

十五分後、結城がアタッシェケースを提げ、ＬＡ新世紀銀行のエントランスから出てきた。

沢木は腰を浮かせ、結城に向かって手を上げた。結城が気づき、オープンエリアを横切ってそばに来た。

「偶然ですね」沢木はにこやかに声をかけた。

「お仕事ですか、刑事さん」

「月に一回、娘との面会日なんです。昼めしを食うんですよ、これから娘に会って」

「離婚をなさったわけですか」

「娘のやつ、どんどん別れた女房に似てきましてね。食事の間中、嫌味を言われながらご機嫌をうかがって。本当、苦行ですよ」

「大変ですね」

「ばかな女と結婚したもんですよ。独身のあなたが羨《うらや》ましい。結婚のご予定は？」

「ありません」

「するもんじゃありませんよ、結婚なんて。現在おつきあいをなさっている女性は？」

「いません」

「そりゃあいいや。それに越したことはない。ところで誘拐された岡崎愛子さん、遺体から薬物が検出されました。シャブです。お気づきでした？」

「いいえ」

　結城の白い細面は、プラスチックの仮面のように動かない。

「彼女、バンコクに発つ前、行きつけのクラブで近々大金が入る、と自慢していたそうです。これ、どういうことでしょう」

「誘拐は自作自演だった、ということですか」

「そこに男が絡んでいた形跡があります。おそらく彼女の恋人が」

「その恋人が、共犯者だと？」

「私は首謀者だとにらんでます」

「刑事の勘というやつですか」

「これが案外当たるんです」

「ひとつ忠告しても構いませんか、刑事さん」

結城は左右を見まわし、おしまいにカフェテラスの奥の店内テーブルの方に目をやった。

「娘さんとの会食に、部下を同行するのは野暮でしょう。やめた方がいい。では」

沢木はその場につっ立って、通りの歩道を歩いていく結城の後ろ姿をじっと見た。アレクサンダー・ホテルから追跡したサングラスと口髭の男の姿が、それに重なってちらついた。

「どうでした」

店内のテーブルで様子をうかがっていた橘刑事が、外に出てきた。

「まるで揺れやしねえ」

「気障《きざ》でクールなやつですね。好みじゃないなあ。尾けますか」

アタッシェケースを提げて歩いていった結城の後ろ姿と、バンコクで追跡した誘拐犯が、頭の中で何回かダブって見えた。だが、確証はない。

「どうするかな」

もしそのとき、沢木が部下に尾行を命じていたら、この事件の核心に迫る結城美智雄の意外な一面が浮かび上がっていたかも知れない。だが、言った。

「もう少し調べてからにするか」


発作はいつも突然起きる。

その日は午後の三時過ぎ、得意先をまわって、品川駅のコンコースを歩いているときに起きた。症状はいつも同じだった。急に目眩《めまい》がし、強烈な痛みが頭に走る。まるで頭に一斉にひび割れが走ったみたいな痛みだ。汗が噴きだし、喉はからからに渇き、目の玉が飛び出しそうになる。一度その最中に鏡を見たが、目は三倍くらいに見開かれ、瞳孔《どうこう》が突き出し、毛細血管がふくらんで血を噴きそうに赤かった。

結城はアタッシェケースをはね飛ばし、コンコースの柱にしがみついた。隠れなければ。

いつもそれが真っ先に意識に上る。通行人に救急車を呼ばれると、面倒なことになる。病院へ運ばれたところで、どうせ検査から検査、とたらい回しにされるだけだ。有効な治療法はない。それよりこの発作のことは、誰にも知られたくない。知られるとまずい。

「どうしました」

そばで靴音がとまり、上から年配の女性の声がした。結城ははね飛ばしたアタッシェケースの方に手を伸ばした。すると別の誰かが拾ってきてくれた。

「大丈夫ですか」

結城は頷いた。喉が渇いて、声が出ない。だから頷き、行ってくれ行ってくれ、と通行人に手を振った。幸いまだ構内にはそれほどひとは歩いていなかった。これが夕刻のラッシュ時だと、どうしたって騒ぎになるが。通路の隅に身を寄せると、携帯を取り出して発信した。

賀来は携帯を持っていない。携帯の料金が払えないから、一度も持ったことがない。だから発信先は、海辺の教会の裏にある司祭館の電話だ。呼び出し音が数回鳴って、

「はい」

と賀来の声がした。

結城は口を開いた。喋ろうとしたが、声が出てこない。が、息づかいだけで、賀来はすぐにそうと察した。

「結城だな。また発作か。場所はどこだ。すぐに行く」

7

賀来は先にタクシーをおり、結城を背負った。運転手がアタッシェケースをマンションのエントランスまで持ってきて、賀来の手に握らせてくれた。

「お大事に」

運転手はそう言って戻っていった。

少し前から、結城がアジトに使っているマンションだ。賀来はエントランスのテンキーに片手を伸ばし、苦労して暗証番号を押した。ガラス扉が開くと、瑪瑙《めのう》でできた鶴《つる》の彫像のそばを通り、エレベーターで五階に上がった。その間結城は、背中の上で意識を失ったままだった。が、廊下に出て、五〇一号室の前まで歩いていくと、頭の後ろでかすれた声がした。

「わかった。ちょっとおろすぞ」

いつもそうだ。賀来がこのマンションにやってくると、結城は必ず手袋をはめさせる。

「てぶ……く、ろ」

「立っていられるか」

駄目だった。壁にもたれさせようとすると、結城はずるずると床に崩れ落ちた。賀来はポケットに突っこんできた薄いゴムの手袋をはめ、結城の服の中から部屋のキーを出してドアを開けた。先にアタッシェケースを中に入れ、それから再び結城を背負った。

「発作の回数が、最近、多くなってないか」

寝室へ運びこむと、スーツを脱がせ、ベッドに寝かせ、温かいタオルで結城の身体の汗を拭いた。

「症状もひどくなってる」

「お前は？」

「俺は、大丈夫だ」

「俺にはもう時間がない」

賀来は汗を拭く手をとめて、結城の手を握った。

「すまん、結城。俺のせいだ」

あの日の島の光景がまた脳裏をよぎった。

こわいよ。こわい。こわい。逃してやる。大丈夫だ。俺がいる。

しかし、日が落ちるまで、ふたりは気象観測小屋を抜け出すことはできなかった。白い宇宙人は、ガスバーナーで村を焼き払いながら、生存者を捜している節があった。救出するためではない。殺すためだ。

白い宇宙人が持っているのは、ガスバーナーと軽機関銃だけだった。生存者を救出するための道具は持っていなかった。村を封鎖するように停まっているのはいずれも軍用車両で、医療用の設備は見当たらなかった。白い宇宙人ははじめから、村を焼きつくし、住民を殺しつくすためにやってきたのだ。

夜になっても、村を焼く炎はおさまらなかった。しかし、気象観測小屋のあたりは闇が包んだ。ふたりはそっと小屋を抜け出し、ふたりだけの隠れ場所に向かった。そのとき風が変わった。それまでは山から吹き下ろしていたが、炎がくすぶる村の方から強い風が吹いてくる。

結城がはっとした顔で、村を振り返った。

「吸うな」

「えっ」

賀来には何のことかわからなかった。結城は自分が着ていたTシャツを脱ぎ、さるぐつわでも噛《か》ませるように、賀来の口のまわりに縛りつけた。

「風を吸うな。行くぞ」

やっと賀来にも見当がついた。白い宇宙人はガスマスクをつけていた。きっと村に悪い空気が充満しているのだ。吸ってはいけない空気が。それで結城は、自分が裸になってTシャツを貸してくれた。

あのとき、自分もTシャツを脱いで、結城に貸してやるべきだったのだ。風を吸わないように、口を覆うことができるものは、Tシャツのほかに何もなかったのだから。

しかし、賀来は寒かった。昼間は半袖のTシャツでよかったが、日が落ちると風が冷えた。急速に気温が下がった。Tシャツを着ていても寒いのに、それを脱いで差し出すことはできなかった。そのために結城は、村から吹いてきた風を吸った。

結城の発作の原因は、あの風だ。

そのときは、いやそれからも長い間、その風が何だったのかわからなかったが。

「なあ結城、いつか悪夢を見なくなる夜が、来るかな」

「俺がそうしてやるよ」

「ちがう。そうじゃない。俺が言いたいのはもっと別の方法で――」

「また説教かい、神父さん」

結城は薄く笑った。

「明日、山下を拉致《らち》する」

「……なぜ、俺に言う」

「お前は俺を裏切らない。だろ？」

数秒後、結城は目をつむった。眠ったというより、意識を失ったように見えた。

賀来は溜め息をつき、寝室を見まわした。壁に射的の的がかけてある。ナイフが一本刺さっている。見に行くと、的の真ん中に、黒いマーカーでアルファベットの文字がふたつ書いてあった。

MW

ナイフはその文字に突き立っていた。

賀来はその前にひざまずき、神に祈った。

「これすべてのものは神より出《いで》て、神によりて成り、神に帰すればなり。栄光とこしえに神にあれ。アーメン」

長い間祈り続けた。

賀来を聖ペトロ学園の神学生にした村越神父が、いつか教えてくれたことがある。神は〝働き〟だ、と。神はひとの前には姿を現わさない。絶えず沈黙を守る。だがときどき、ひとにあることをさせるために、ひとの背中を押す。そのときひとは、それが神の意思だと気づかないまま、その行動をとる、と。

賀来はすっと立ち上がった。リビングキッチンへ行き、サイドボードの引き出しから細いナイフを一本抜いて、ベッドの脇に戻った。

結城は薄い毛布を一枚かけて、仰向《あおむ》けの格好で眠っていた。賀来はゴム手袋をはめた手でナイフを握り、大きく頭上に振りかぶった。そして結城の胸に突きたてようとした。

俺は何をしてる？

賀来はふっとわれに返った。汗がじわり、と額ににじみ出た。

これが神の働きか。神の意思だというのか。

細いナイフを振りかざしたまま五秒、あるいは五分、急に身体の力が抜けて、賀来は床に坐りこんだ。

「愛する者よ、自ら復讐《ふくしゅう》するな、ただ神の怒りに任せまつれ。録《しる》して『主いい給《たま》う。復讐するは我にあり、我これを報いん』とあり」

賀来はリビングキッチンにナイフを返しにいった。思いついて身体を探った。警視庁の刑事が置いていった名刺は紙入れの中に入っていた。捜査一課、警部補、沢木和《かず》之《ゆき》という文字をじっと見た。

電話機は廊下にある。そこまで行って、受話器を上げた。

「はい。捜査一課」

男の声が、すぐ電話に出た。

「沢木ですか。お待ちください」

少し経って、若い男の声がした。

「お待たせしました。沢木は今外に出ていまして。私、橘と申します。どういったご用件でしょう」

「バンコクの岡崎事件のことで、お話ししたいことがあります。先日、沢木さんに訊かれたもので」

「何か捜査に関係した情報でしょうか。私もその事件の担当なので、よろしければ、私がうかがいますが」

「橘さん?」

「そうです。沢木の部下です」

「会ってお話しした方がいいと思いますが。警視庁まで行かないと駄目ですか」

「私の方から出向いても構いませんよ。場所と時間をおっしゃってください」

賀来が電話をかけている廊下は、壁一枚を隔て、寝室と隣り合っていた。そして寝室のベッドには、結城が横たわっていた。

「あまりひと目につきたくないので、多摩川沿いの公園とか、そんなところでもいいですか」

そのとき寝室のベッドで、結城の目が開いた。


橘刑事は本部庁舎を出ると、地下鉄で有楽町に向かった。賀来という情報提供者との待ち合わせには少し時間がある。その間に晩めしを食っておこうと思ったのだ。JRのガード脇に、アジの塩焼きやほうれん草のおひたしを出してくれる定食屋がある。官舎に住んでいるひとり者にはありがたい店だ。で、週に二、三回は足を運ぶ。

ビール……はまずいだろうな。

そう思いながらガードを潜《くぐ》ると、携帯が鳴った。

「おう橘、ちょっと調べてほしいことがあるんだがな」

「何してるんです、沢木さん」

「捜査に決まってるだろ。大至急、ヨウカンとハケを調べてくれ」

「何の話ですか。だいたいね、ひとりで勝手に捜査に行かれちゃ困るんですよ。相棒なんですからね、一応僕は」

「岡崎愛子の線をたぐってたんだ。遺体からシャブが出たろ。で、六本木の売人を片っぱしから当たったんだ。見つかったよ、岡崎愛子にシャブを売ってた売人。そいつがな、岡崎愛子の恋人らしい男を一回目撃してる。サングラスをかけて赤いTシャツを着てたっていうんだが、こいつが痩せて、背が高い」

「沢木さんがバンコクで追跡した誘拐犯は、そいつってことも？」

「可能性はある。でな橘、肝心なのはここからだ。岡崎愛子にシャブを売ってるとき、その男の携帯が鳴ってな、そいつがぼそぼそ喋っている声を、売人が小耳に挟んだ。待てよ、メモした」

沢木はそのメモを読んだ。

「ああ、例のヨウカンの案件か。それはハケに落ちるな。すぐに回収しろ。——聞こえたか。このヨウカンとかハケってのは業界用語だと思わないか」

「そうでしょうね」

「だからどこの業界用語か、すぐに調べてくれと言ったんだ。それでそいつの職種がわかる」

「銀行員です」

「なんだって？」

「ヨウカンは要管理債権、ハケは破綻《はたん》懸念先。銀行の用語です。岡崎愛子の恋人は銀行員。沢木さんの見こみ通り、ぴたっとはまったじゃないですか、あの男に」

「お前もたまには役にたつな。これから戻る」

「私は事件のことでちょっと出ます」

「どこに」

そのとき携帯にキャッチが入った。見ると、さっきの情報提供者だ。沢木を待たせ、キャッチに出た。

「賀来です。待ち合わせの件ですが。時間をもっと早くできますか。三十分とか一時間」

橘は腕時計を見た。そうすると晩めしが後まわしになるが、それはいつものことだ。

「構いませんよ。今からすぐに出ましょうか。だったら三十分以上早く行けると思いますが。場所は同じでいいですね」

キャッチの電話を切ると、待っていた沢木に言った。

「沢木さん、いつもひとりで突っ走りますけどね。僕だって役に立つんです。これからもっといいネタ拾ってきますよ。そうしたら何かご馳走《ちそう》してください」

「おいちょっと待て。何だ、ネタって」

橘は構わず携帯を切ると、小走りに有楽町の駅に向かった。沢木が普段からもう少し自分を頼りにしてくれれば、その時点で、詳しい状況を話していただろう。だが、とびっきりのネタをまず拾って、沢木の鼻を明かしてやろうという気が強かった。何しろあの賀来という神父、岡崎事件の容疑者を個人的に知っているような口ぶりだった。

ヨウカン。ハケ。やはり結城が限りなく黒に近いが、その決定的な証拠がつかめるかも知れない。

待ち合わせの場所は、新幹線と横須賀線の鉄橋が見える多摩川沿いの児童公園だった。橘は有楽町から電車を乗り継ぎ、最初に決めた時刻より四十分ほど早く、公園に着いた。園内はきれいに整備され、水銀灯があちこちでブランコ、ターザン・ロープ、コンビネーションなど、子供用の遊具を照らしている。

「賀来さん」

水がとまった噴水の前まで行って、橘は低く呼びかけた。有楽町なら今や夜の真っ盛りという時間帯だが、児童公園はすでに深夜みたいな雰囲気だった。見まわしてみたが、子供や親の姿はない。

「橘さんですか」

橘は振り向いた。噴水の後ろに十段ほどの石段がある。見上げると、石段の上に男がひとり立っていた。

賀来は約束した時刻にほんの少し遅れ、多摩川沿いの児童公園に慌てて足を踏み入れた。なまじ時間に余裕があると、こんなものだ。

結城がアジトに使っているマンションは、目と鼻の先にある。ベッドに寝ている結城を放置したくなかったので、警視庁の刑事に、ここまで来てくれるように頼んだ。

しかし、そのあと、結城はすぐに意識を取り戻した。

「もういいよ。賀来、お前は帰れ。世話をかけた」

まだ顔色は悪かった。喉が渇くと言って、しきりに水を飲みたがった。ひとりで放っておくのは心配だった。しかし、言い出したらきかない男だ。

「その手袋、部屋の中で取ってないよな」

賀来が仕方なく帰ろうとすると、わざわざ呼び止めて確認した。

「結城、お前はいいのか。ここで手袋をしているところなんか見たことはないが」

「俺は全部記憶している。自分がどこに触ったたか」

橘刑事と待ち合わせをした時刻には、まだだいぶ間があった。マンションを出ると、賀来は近くの駅まで歩き、牛丼《ぎゅうどん》を食べた。司祭館ではほとんどありあわせの物で自炊だから、これでも久しぶりに豪勢な食事だった。

早めに公園へ行って、刑事がやってくるまで夜風に吹かれていようか、と一瞬思った。が、養護施設の子供たちが、イエスの産着を捜していた。今度の慰問で、キリスト生誕の一夜を劇にして演じるのだ。それを思い出し、駅前の大きなスーパーで下見をしていると、またたくうちに時間が過ぎてしまった。

「橘さん」

水がとまった噴水の前まで行って、呼んでみた。あたりに人影はない。が、どこからか「ムウムウ」という声がする。最初からそれが人間の声だ、とわかったわけではないが。

賀来は首を傾《かし》げ、「ムウムウ」という声がする方へ足を運んだ。巨大なタコの滑り台が、電気的な唸《うな》り声でもあげているのかと思ったが、ちがった。その滑り台の後ろに回りこむと、川っぷちの柵《さく》に、男がひとり、十字架の形にはりつけにされているのが見えた。背広姿で、口に猿ぐつわがはまっている。それで「ムウムウ」という声を発しているのだ。

賀来は驚いて駈け寄った。

「橘さん?」

男は大きく頷いた。賀来は猿ぐつわを取ろうとした。すると橘は、必死になって首を横に振った。「ムウムウ」という声が大きくなった。

「どうしました。大丈夫ですか」

橘は泣いていた。泣きながら、死に物狂いになって首を横に振っている。その目は賀来に向かって、一生懸命何か訴えている。

「何です。何か言いたいことがあるんですか」

「ムウムウ! ムウムウ!」

もう少し冷静なときであれば、その「ムウムウ」が何を意味する言葉か、賀来も真剣に考えたろう。橘という若い刑事は、泣きながら、必死に叫んでいたのだ。取るな。

取るな。猿ぐつわを取ってくれるな、と。

　しかし、賀来も動転していた。何かとんでもないことが起きている。そう思うと一刻もじっとしていられなかった。

　とにかく猿ぐつわを外さないと。賀来はそう思って、橘の頭の後ろに手を伸ばした。が、ハンカチとかタオルを巻きつけた簡単な猿ぐつわではなかった。まるでハンニバル・レクターにかませたような、革の拘束衣のようなしろものだ。少しくらい引いてもびくともしない。

　賀来は耳の後ろの止め具をつかみ、思い切り力をこめて引っぱった。橘の口から喉にかけて、がっちりとはめられていた革の猿ぐつわが前に開いた。その瞬間、猿ぐつわの奥から、橘の絶叫とともに何かがものすごい音を立ててほとばしった。

　賀来はその奔流を顔面に浴びて、後ろにひっくり返った。

　あたりは暗く、その奔流の正体が何なのか、すぐにはわからなかった。賀来は顔面を両手でこすり、その手を見て震え上がった。ぬるぬるとしたその液体は、鮮血だった。

　その革の猿ぐつわには、内側に剃刀《かみそり》が仕こまれていた。その鋭利な刃は、橘の下顎《かがく》頸《けい》の後ろから頭部へ向かう外頸動脈に薄く切れこんだ状態で、猿ぐつわによって止まっていた。賀来がその猿ぐつわを勢いよく引っぱったため、剃刀の刃が橘の外頸動脈を真っ二つに断ち切ったのだ。

賀来は目の前ではりつけになっている男を見上げた。橘の喉は、今も滝のように鮮血を雪崩《なだれ》落としている。慌てて飛びつき、猿ぐつわを元に戻そうとした。傷口に両手をあてて、血の流出を防ごうとした。

しかし、何をやっても血はとまらない。泣きながら絶叫していた橘の声も、もう聞こえない。

泣いているのは賀来だった。鮮血にまみれ、むせぶように泣きながら、賀来は息絶えた若い刑事を抱きしめた。

「あーあ、殺しちゃった」

まるで場違いな声がして、白い幽鬼のような影が近づいてきた。

「お前もとうとうひと殺しだな。どうだ賀来、ひとを殺した気分は」

「貴様……結城！」

結城は薄く笑い、片手に持っている小型の機器をよく見えるように差し上げた。ビデオカメラだ。

「これ、警察に届けようか。今のを全部撮影した」

「好きにしろ。俺はすべて話す」

「最悪の結果になってもいいのか」

「最悪？」

「そうさ。俺はそう簡単には捕まらない。となると、お前ひとりが警察に捕まって、俺は野放し。そうなったら、世の中はどうなる。最悪だと思わないか」

賀来は唇を噛んだ。

「俺にはもう時間がない。大丈夫だ。お前が手伝ってくれたら、これ以上ひとは殺さない」

結城はもう片方の手に提げていたバッグを、賀来の足元に放った。

「着換えだ。そこの噴水へ行って、洗ってこいよ。それとも死体を先に片づけるか」

8

午前七時三十分、結城は世田谷区の路上に車を停めて、右の歩道を前からやってくる通行人を眺めた。宮坂《みやさか》の住宅街に住む会社員が、豪徳寺の駅に行く広い道だ。

会社員が毎朝家を出る時刻は、一分と違わない。山下本部長もその例外ではなかった。下調べをしたときとぴったり同じ時刻に、山下が鞄を提げて歩道を歩いてくるのが目に入った。

結城はほんの短くクラクションを鳴らした。山下が歩きながらこっちに目をくれた。

結城は運転席の窓をおろし、顔を出して合図をした。

山下は破顔して、小走りに車道を横切って車のそばに来た。

「本部長、おはようございます」

「おはよう。今日はなんだい、結城くん」

「昨日のご報告もありますので。どうぞ。乗ってください。送ります」

「すまんね、そりゃあ」

白のフォルクスワーゲン・ゴルフだが、日本仕様なので、助手席は路肩側にある。

山下は車の前をまわって乗りこんできた。結城はエンジンをかけて車を出した。

「例の金ですが。万一に備え、いくつかの口座を経由して小口の振込みにしました。それで少々手間がかかりましたが、昨日のうちに、すべて本部長の口座に移りました。合計一億と八十五万四千三百六十六円です」

「如才がないね。きみに任しておけば安心だ。僕もいい部下を持った」

東京の空には白っぽい朝がすみがかかっていた。だが、白いかすみの向こうに、真っ青な空が透けて見える。今日もいい天気になりそうだ。

車の窓から空を眺めやると、山下はのんびり呟《つぶや》いた。

「望月先生には、どのような方法で？」

「今うるさいからねえ、政治献金。これまではうちもダミーの政治団体を使って献金していたんだが、西村建設がやられたろ。ちょっと何か考えないとな、新しい手を」

「本部長、恐れ入りますが、シートベルトを」

赤信号で停車すると、結城はちらっと横目を使った。

「ああ、そうだったな」

山下はシートベルトをたぐり、身体にまわした。結城は左手を上着のポケットにつっこんだ。

「すでに何かお考えが？」

「献金の手かね。その辺は、ふふ、抜け道はどこにだってあるものさ。だいたい政治家が作るんだよ、規正法は。抜け道を用意しておかないと、自分たちが干上がっちまうじゃないか」

信号が青に変わった。結城はアクセルを踏み、ポケットから出した左手を山下の身体に押しつけた。その途端、山下の身体はびくん、と跳ねた。シートベルトをしていなければ、天井に頭をぶつけたかも知れない。

結城がポケットから出した手は、スタンガンを握り締めていた。五十万ボルトの電流はバリバリバリッとものすごい音を立て、山下を気絶させた。


東京中央新聞社会部では、溝畑が自分のデスクに突っ伏して眠っていた。

誰も見ている者はなかったが、彼が眠りに就いたのは昨夜十一時五十分。それからひと晩、朝の七時を過ぎても延々と眠り続けていた。

早稲田の新聞部を出て、研修期間のあとすぐ社会部に配属された新進気鋭の記者だ。目の前にあるパソコンは、ひと晩中ついたり消えたりしていた。省エネのため、電源が十分で切れるように設定してあるので、十分経つと、液晶画面が自動的に暗くなる。しばらくして溝畑が寝返りを打つと——デスクの上でのことだが、実に微妙な寝返りを打ってキーボードに触ると——パソコンがそれに反応して、ディスプレーに灯がともる。で、ひと晩中ついたり消えたり、というわけだった。

午前七時を過ぎると、社会部の記者がどんどん出勤してきて、フロアが騒がしくなった。

「おーい溝畑、朝だぞ」

すぐ後ろで声をかけていく同僚もいた。

だが、溝畑は一向に目を覚まさない。八時を過ぎても、八時半になっても眠ってい
た。

「放っとけよ。牧野とふたり、どうせ担当を外されたんだ。起きたって用はない」

三田という自称二枚目の記者が言い、みんなそれもそうだと放っておいたので、相変わらず溝畑は目を覚まさなかった。九時五分にデスクの電話が鳴った。寝ている溝畑の耳許で、電話はじゃんじゃん鳴り続けた。

しかし、起きない。まわりのみんなが感心して眺めていると、電話のベルは十八回鳴って、とまった。溝畑はとうとうおしまいまで起きなかった。

「死んでんじゃねえか」

誰かが言った。一瞬みんな、はっという顔になった。その途端、溝畑は「んがっ」と鼻で音を立てた。みんな苦笑して、それからは自分の仕事をしながらちらちら目を向けるだけになった。

九時二十分、溝畑の上着の中で、携帯が鳴った。不思議なことはそのとき起きた。携帯の最初の着信音がまだ鳴り終わらないうち、溝畑がさっと携帯をつかみ出して、

受信したのだ。

「はい、溝畑。ああ牧野先輩、おはようございます。どこですか、今」

隣の席で原稿を書いていたふたつ上の記者が、ぎょっという目を向けた。

「やってますよ。昨夜から徹夜。今もデスクの前なんです。あれからずっと調べてました。いろいろ出てきましたよ、Xファイルを解き明かす手がかりが」

突然携帯で喋り出した溝畑の声は明瞭だった。たった今まで熟睡していた男とは思えなかった。二時間前に出社して、仕事をはじめ、今や脳みそはフル回転といった喋りかただ。隣の記者は開いた口がふさがらなくなった。

「今日は出社しない？　あ、直行ですね、取材先に。わかりました。黒板に書いておきます。デスクにもそう言って――やけに元気ですね。何かいい情報をつかんだんだ。声に元気があるもの。例の一件でしょう。ははは。お願いします。ちゃんと連絡入れてくださいね」

携帯を切ると、溝畑はすっと立ち上がって伸びをした。

「徹夜はきついよなあ、この歳になると」

ぶつぶつ言うと、溝畑はデスクの上を片づけ、柱にかけてある黒板の前へ行った。

牧野京子の欄に「直行」と書き、それから「デスクぅ」と言いながら、フロアの隅にある社会部デスクの席に向かって歩いていった。

その姿を見送って、隣の席の記者はまわりの者に囁いた。

「あいつ、出世するんじゃないか」


本部長の山下は、ひどい気分で目を覚ました。

意識を失《な》くしている間もひどかったが——意識がないのになぜわかる。と言われそうだが、意識がなくてもその間の環境は記憶に残り、目覚めた途端、その記憶が超音速で甦る。そういうものだ——目が覚めると、気分はもっとひどかった。

頭は今にも割れそうだった。口は開かない。身体は動かない。手足を含め、身体中があちこち痛い。

山下は懸命に顔を上げ、自分が置かれている環境を確認しようとした。口には自分のネクタイが噛ませられ、後頭部でぎゅっと縛られていた。口は開かない。ものも言えない。身体はいすに坐らされ、両手は背後で、両足もそれぞれいすの脚に縛られている。身体も何本ものロープでいすにくくられ、いすは固定されているので身動きが取れない。

いったいどこだ——そう思い、山下は首を左右に巡らせた。

大型電気店の看板が見えた。ビルのてっぺんについていて、夜になると赤いネオンに灯が入るやつだ。それが左手、やや低いところに見える。つまりここも、ビルの屋上か。

だが、足下に目を落とし、山下は思わず息を呑んだ。ビルの屋上とちがって、床がない。あるのは一枚の金網だった。まわりは隙間だらけの鉄骨で、はるか下に路面が見える。建設中のビルのてっぺんだ。

山下はむろん知らなかったが、それは東京がミニ・バブルに沸いた頃、大手ゼネコンが、海に近い再開発地区に建設をはじめた複合型のマンションだった。が、十六階まで鉄骨が入った頃、海の向こうでリーマン・ブラザーズが破綻した。

「日本には、蜂《はち》に刺されたぐらいの影響しかない」

この発言に代表される無能な与党と、ひたすら政権にしがみつく無能無策の総理のおかげで、日本はまたたくうちに百年に一度の経済危機に突入し、このマンションの建設もストップした。以来、長い年月、十六階建ての鉄骨が、まるでビルのX線写真のように、東京のど真ん中に建っているのだった。

山下は足下にぽっかりと空いた空間を見て、震えだした。元々高所恐怖症で、高いところは大の苦手だ。

そのとき背後にひとの気配がして、誰かが口に嚙ませてあったネクタイを外した。

山下はぎりぎりと目を開き、その男の顔を見つめた。その頃にはもうすべて思い出していた。朝、出勤中に、結城が通りで待ち構えていて車に乗せたことを。そうだ、いつか結城に苦笑しながら話したことがある。いい歳をしてみっともないんだけど、ボクは高所恐怖症でねえ。

「結城！　何の真似《まね》だ」

「あなたが犯した罪を、悔い改めてもらいます」

「私が何をしたって言うんだ」

「思い出す時間はたっぷりある。ゆっくり考えてください」

結城はまた口にネクタイを噛ませ、山下の前にもうひとつ、いすを置いた。そこに携帯用のテレビを載せ、電源を入れた。

「カマ・ホーム！　いいねえ」

人気のタレントが叫んだ。百年に一度の不況も何のその、世の中の主婦に大人気というタレントは、満面の笑みで一分間、マイホームの宣伝を繰り広げた。

「奥さん、いい家を建てヨッ！　カマ・ホーム！」

ＣＦが終わると、ワイドショーのスタジオが映り、キューピーみたいな顔をしたキャスターがニュースを伝えはじめた。

結城はテレビの角度を調節した。いすに縛られ、身動きできない山下に、画面がよく見えるようにするためだ。終わるとバイバイ、と手を振って、鉄骨の間に通された簡易階段をおりていった。

「結城。ちょっと待て。誤解がある。何かお前誤解してるぞ。話せばわかる。聞いてくれ。俺がいったい何をした。頼む。結城、待ってくれ」

山下は必死になって呼びかけた。しかし、口にネクタイを嚙ませられているため、結城の耳にはかすかにこう聞こえただけだった。

「ムウ、ムムウムウ、ムムムムウ！　ムウムムム、ムウムウ、ムウ！」

結城の靴音が遠ざかると、その声も次第に弱く、途切れていった。

目の前の携帯テレビでは、キューピーみたいな顔のキャスターが、ソマリア沖へ派遣される海上自衛隊のニュースを伝えていた。今日の午後、海自の護衛艦がアフリカへ向けて出港するのだ。広島の呉《くれ》基地で、今、その見送り行事が行われているという。

映像が切り替わり、画面に広島の呉基地が映った。自衛隊員と駆けつけた家族が、護衛艦のまわりで別れを惜しんでいた。テレビの取材陣がマイクを向けると、あちこちで声が上がった。

「自衛隊が戦争に行くなんて知らなかった。知っていたら、そんなひととは結婚しませんでした」

「鉄砲の弾丸が飛んできたらどうするの？　けがしたらどうするの？」

「自衛隊って、台風のとき堤防に土のうを積むひとでしょう。どうして鉄砲を持って外国へ行くの。主人が戦争に巻きこまれたら、政府はどうしてくれるんですか」

自衛隊員の妻たちが、赤ん坊を抱いて、涙ながらにテレビカメラに訴えていた。

政府はひどい。自衛隊はひどい。うちのひとを返してよ。私の夫を殺す気か。

ＬＡ新世紀銀行コーポレートファイナンス部の本部長・山下は、そんなニュースを見ながら必死になって身もだえした。

「ムウムウ！　ムウ、ムムムウ、ムウ！　ムウ、ムウムウ！」


警視庁本部庁舎六階にある捜査一課の大部屋でも、部屋の隅にあるテレビが、ソマリアへ旅立とうとする海上自衛隊のニュースを流していた。

しかし、沢木は一顧だにしなかった。デスクの間を行ったり来たりして、携帯を出したり、デスクの電話を取り上げたり、誰かに何か訊きに行ったり。朝早くから大部屋にやってきて、ずっとそんな調子だった。

橘が、昨日の夜から消息を絶ったのだ。何回携帯を鳴らしても、出ない。向こうから連絡もない。ひと晩まんじりともできず、夜明けとともに、橘がひとり住まいをしている官舎を覗きに行った。

いなかった。隣の部屋の刑事に訊いたら、ひと晩帰ってこなかったという。

「よく外泊するのか」

「割りとあります。でもそれは事件捜査で、捜査本部の方に泊まりこんでる場合でしょう」

「あいつ、女はいるか」

「まさかあ」

「結構甘い顔をして、デケデケデンとかギターでも弾いて、女にもてそうな男だけどな」

「女にもてるのはマメな男です。一日に四回も五回もメールして、しょっちゅうデートしてご機嫌取って、誕生日とかクリスマスとかバレンタインデーとか、そういうイベントを盛り上げる——そういう男でなきゃあ。自分らにそんな暇がありますか」

捜一の大部屋にやってきても、何も手につかなかった。

「私は事件のことでちょっと出ます」

日が暮れてすぐの電話で、橘はそう言った。そこにキャッチが入り、誰かと話した様子で、また言った。

「これからもっといいネタ拾ってきますよ。そうしたら何かご馳走してください」

つまり岡崎事件のことで、何か情報を提供しようという者が、橘の携帯を鳴らして呼び出したのだ。そして橘は消息を絶った。

しきりに嫌な予感がした。何かあったにちがいない。

「沢木さん、橘がいなくなったんですって？」

あちこちに声をかけておいたので、どこかで耳にしたのだろう。初老の刑事が近づいてきた。

「昨日の夕方、沢木さんにかかってきた電話を、私が取り次いだんですよ、橘に。その電話のあと、出かけたんじゃないかなあ、橘」

「携帯にかかってきたんじゃないんですか」

「いや捜一の、そこのデスクにある電話。あれが鳴り出したんで――」

「相手は？　どんなやつ？」

「男の声だったけどね、どんなやつと言われても、悪いね、私は取り次いだだけなんで」

「時間は」

「暗くなりかけ、なってたかな。あ、そこのテレビで六時のニュースがはじまったところだった」

沢木はデスクの電話に飛びついた。

「電話の通話記録を調べてくれ。昨日一八〇〇時、または一八〇一時に、この捜一の番号にかかってきた電話だ。その電話番号と電話の持ち主、住所を頼む。大至急」

返事は数分でやってきた。もし携帯の番号だと、そこから持ち主をたどるのにもうひとつ手間がいる。だが、都内の固定電話の番号だった。電話の契約者の名前は、西《にし》原稔英《はらとしひで》。住所は世田谷区等々力《とどろき》にあるマンションだった。

その契約者の名前を、沢木は十秒ほど見つめた。記憶にない。少なくとも岡崎事件の関係者には、こんな名前の男はいなかった。とにかく当たってみるしかない。

沢木はメモした紙をちぎりとり、上着をつかんだ。大部屋のドアに向かってダッシュしようとしたが、思い直し、もう一度電話の受話器を上げた。

「鑑識？　大至急、麦山《むぎやま》くんを呼んでくれないかな。沢木だと言ってください」

9

牧野京子は背伸びして、顔を左右に動かした。

池袋から乗った西武池袋線の車内だ。週刊誌の中吊《なかづ》り広告に「沖之真船島」という見出しが見える。週刊スクープの今週号だ。いったい何の記事だろう。

しかし、車内は混んでいた。中吊り広告の近くまで行けない。おまけに背の高い女が、その前に立ちふさがって、広告の文字を隠している。髪の長い、ほっそりとした女だ。背は一七五、六センチはありそうだ。まわりの客の間から、頭ひとつ抜けている。その頭に隠され、「沖」と「島」という字しか見えない。京子は苛々《いらいら》と首を動かした。

やっと電車が駅のホームに滑りこんだ。ドアが開いた。まわりの乗客が動き出した。背の高い女も降りるとみえて、まわりの動きに合わせて振り向いた。

京子は「あ」と、声を呑んだ。後ろから、長い髪とほっそりした撫で肩を見て、てっきり女だと思っていた。が、振り向いた顔にはむさくるしい髭がついていた。二十代の男だ。

その男がそばをすり抜けていくと、中吊り広告が目に入った。

「沖縄の海、美《ちゅ》ら島」

京子は思わず苦笑した。ひとつのことを思いつめていると、何を見ても、そう思ってしまう。が、次の瞬間、はっとなった。

「背が高くて、痩せていて、ものすごくスタイルのいい女だったそうです。一緒に歩いていると、高い樹にゴリラがぶら下がっていたみたいだって」

そのまま考えていると、やがて電車は石神井《しやくじい》公園駅に着いた。

「まるで狐が化けていたみたいに、ぱっと消えた」

プラットホームに出ると、京子は携帯を取り出して、溝畑にかけた。

「荒川のバラバラ殺人の容疑者だけど」

「ああ、井本佳央里」

「あれってさ、もしかして男だった——ってことはない？」

「荒木の愛人なんですよ。部屋まで借りてやってる。おっさんはもうメロメロだったって話でね」

「おっさんの愛人が女、とは限らないでしょう」

溝畑は「ぎょっ」という音声を発した。

「足取りがぱっと消えたのは、狐じゃなくて、男が化けていたから。そう思わない？」

「ぎょっ」

「荒木重和は独身よね。いっぺんも結婚したことはなかったよね。四十八になって、愛人ができた。つまり身体は健康で、お金もあった。なのに、どうして今まで結婚しなかったの?」

「ちょっと捜本へ行って、探りを入れてきます」

京子は駅の改札を出ると、荷物を提げて、石神井公園の方に歩いた。

毎朝新聞の元社会部記者・川村憲明の自宅は、公園の少し先にある大きな団地だった。今は残された川村の奥さんがひとりで住んでいて、京子がチャイムを押すと、すぐにドアを開けてくれた。

「会社の山本さんからうかがっています。どうぞ」

京子が菓子折りに名刺を添えて出すと、そう言って中に通してくれた。

仏壇には、四十代の頃の精悍《せいかん》な川村憲明の写真が飾ってあった。手を合わせ、その写真を眺めていると、警視庁の記者クラブなどでときどき見かけた川村を思い出した。

何回か、話しかけようとしたのだ。が、そのたびに、ぺえぺえの新米記者が、と遠慮してしまった。悔やまれてならない。

「川村さんのことは、いつも陰ながら尊敬していました。私が社会部の記者になって最初に読んだのが、泉田《いずみだ》産業の廃棄物垂れ流しを暴いた川村さんの記事でした。もちろんうちの社会部としては、ライバル社の川村さんにスクープされて面目丸つぶれでしたけど。

　でも、あの記事のおかげで、その後、たくさんのひとびとが廃棄物汚染をまぬがれました。私たち報道の仕事は、ちゃんとやれば、ひとを救うこともできるんだって。新米の私は本当に感動しました。それを教えてくださったのが、川村さんです」

「ありがとうございます。真実とか、社会正義とか、えらそうなことばかり言ってましたけどね。おかげさまで、うちはこの通り貧乏暮らしですよ」

　五十代の奥さんは淋《さび》しそうに笑い、京子を隣の部屋に案内した。

「ここが主人の部屋でした。亡くなったときのまま、ほったらかしにしてあります。山本さんのお話ですと、主人の取材ノートをご覧になりたい、とか」

「川村さんが、昔、毎朝の社会面に連載しかけた〝沖之真船島の疑惑〟という記事があるんですが。そのときの取材のメモでも残っていないか、と思いまして」

「仕事の内容については、何も話さないひとでしたから。申し訳ないんですが、私にはお手伝いできそうもありません。よろしければ、どうぞ、ご自由にご覧になってください。その下の段ボールに、昔の手帳とかノートが入っていたと思います」

　奥さんが退室してから、京子はあらためて部屋を眺め回した。壁一面の本棚を、書籍がぎっしり埋めていた。「亡くなったときのまま、ほったらかし」という話だが、本棚には埃ひとつつもっていない。毎日のように本棚にはたきをかけている奥さんの姿が目に浮かんだ。

『戦場ジャーナリストへの道』

『真実をどう伝えるか』

『戦争報道の嘘《うそ》、真《まこと》』

『北朝鮮の悲劇――潜入したジャーナリストが見た涙の真実』

本棚に並んでいる本の背表紙を眺めていると、それで一日暮れてしまいそうだ。高いところの棚にある本が古く、机に近い棚にある本が割合新しい。最近――つまり死亡した頃よく手に取っていた本が、机のそばの棚に集まっているということだろう。

その辺には、米軍基地に関する資料本や、在日米軍が使用している兵器についての資料本が多い。

ざっと眺め、奥さんが教えてくれた段ボールを引き出した。蓋《ふた》を開けると、中は手書きの文字で書かれた手帳、ノート、レポートの類《たぐい》でびっしりだった。

京子は坐りこみ、ひとつずつ丁寧に読んでいった。

午前十一時十二分、結城はクリップボードを手に、LA新世紀銀行本社ビルの会議室をノックした。

緊急会議のあと、役員連中はみな情報収集に散開したとみえて、会議室には専務の森野だけが残っていた。結城を見ると、険しい顔で腰を上げた。

「山下くんの行方は？」

「わかりません。連絡も取れません」

「今朝はいつもと同じように家を出た、というんだろ」

「奥さまはそうおっしゃっています」

「いったいどうなっとるんだ」

森野専務はどすん、と腰を落とした。寝耳に水の話だった。今朝早く、ＬＡ新世紀銀行の役員のデスクに匿名のメールが入った。本部長の山下が、一億円を超える金を横領し、自分の隠し口座に入金したという。驚いて調べさせると、確かにそれらしい事実が出てきた。それにしても――。

「あの山下くんが横領だなんて」

「申し訳ございません」

「いやいや、きみが謝ることじゃないが」

「いいえ、私は直接の部下です。そばにいながらまったく気づかなかったのは、私の不徳の致すところ。この件が落ち着きましたら、辞表を提出する所存でございます」

「まあ、待ちたまえ」

「どのみちLA新世紀銀行では、山下本部長あっての結城でした。ここは私が潔く身を引いた方が、今後の専務のためにもよくはないか、と――」

「その話はまたにしよう。それより山下くんがやったというのは確かなのか。情報源は匿名のメールだぞ。あのメールの方が、よっぽど胡散臭《うさんくさ》いと思わんかね」

結城は手にしてきたクリップボードを、森野専務の前に置いた。

「三十件の顧客の口座から、オンライン操作によって、合計一億八十五万四千三百六十六円の金が山下本部長の口座に移されています。本部長以外に、この口座番号を知るものはいませんでした」

「どう見ても、――山下の横領か」

「残念ながら」

「しかし、調べられたら、すぐに発覚するだろう」

「この口座は、山下本部長が政治献金のために使っている匿名口座です。この口座を経由して金を手に入れ、そのあと口座を閉じてしまえば、金の行方は追及できません」

森野専務は会議テーブルに肘《ひじ》をつき、頭を抱えた。

「きみは、どうしたらいいと思うね」

「すでに一部マスコミに洩《も》れはじめています。何者かわかりませんが、うちの役員に匿名のメールを入れた者が、マスコミにリークしたものと思われます。迅速な対応が必要か、と」

「そうだな。対応が遅くなれば、組織ぐるみで隠蔽《いんぺい》を謀ろうとしたと取られかねない。悪い根は早く絶とう。きみも無念とは思うが」

森野専務はクリップボードを持って立ち上がった。

「一緒に来てくれ。マスコミ各社に連絡して、記者会見の手配をしよう」


沢木は手許のメモ用紙に目を落とし、住所とマンション名を確かめた。

世田谷区等々力のマンションは、等々力の駅と多摩川のちょうど中間のあたりにあった。見るからに高級マンションで、エントランスのガラス扉の内側に、瑪瑙《めのう》のような石でできた鶴の彫像が立っている。ガラス扉はもちろんロックされていて、暗証番号を押さないと、開かない。

沢木は本庁の鑑識から引っぱってきた麦山をちら、と見た。

麦山はその視線を感じ、さりげなくそっぽを向いた。麦山攻《こう》といって、年齢は三十半ば、ぽちゃぽちゃした白い顔に、黒ぶちの眼鏡をかけた小太りの男だ。鑑識の道具を入れたバッグを、肩からたすきがけにしている。

その白いぽちゃぽちゃ顔、小太りの体軀、バッグのたすきがけ、これらはみなオタクと呼ばれる人種を形成する独特のイメージだ。

オタクたちはいい歳をして、一日中自分の部屋に引きこもり、アニメ、アイドル、ゲームに没頭する。外に出ない。陽にあたらないから顔は白くぽちゃぽちゃして、運動不足だからつい小太りの体軀になる。外を歩くのはほんのときたまだから、そのときは緊張して、ひったくりなど警戒して、バッグはいつもたすきがけにする。

だが、麦山の名誉のために言うと、彼は引きこもりのオタクではない。学生時代はいかにも危なかったが、すんでのところで免れた。それというのも、警視庁の鑑識課という職を見つけたためだ。それは彼の天職だった。

殺人現場に落ちている一本の髪の毛を、あるいは爪《つめ》の半かけを、彼はオタクならではの集中力で分析し、犯人にたどり着く有力な手がかりをつかむのだ。

しかし、沢木がこのとき同行させたのは、麦山のまた別の一面を知っているからだ。

「おい麦山」

沢木にどやされると、麦山は大慌てして首を横に振った。

「無理です。駄目です。できません」

幸いそのとき、マンションの住人が中から出てきてエントランスの扉が開いた。沢木はその住人に会釈をして、開いたドアにさっと手を突っこんだ。

「行くぞ、麦山」

昨日の一八〇一時、捜一にかかってきた電話の持ち主は西原稔英といって、このマンションの五〇一に住んでいる。エレベーターをおり、そのドアの前まで行って、インターホンを鳴らした。

予想した通り、返事はない。ドアにはもちろん鍵《かぎ》がかかっている。

沢木は横に一歩身をどけて、麦山の顔をちら、と見た。麦山がまたとぼけた顔をしたので、短く怒鳴った。

「開けろ」

「令状あるんですか」

「あったらお前なんか連れてくるか」

「困りますよ、沢木さん。それは違法行為です。犯罪です。刑法一三〇条の前段に抵触します。住居侵入罪。三年以下の懲役、または十万円以下の罰金です」

「中に侵入すれば、という話だろ。中に入れとは言ってない。入るのは俺だ。お前はここでちょこちょこっと手を動かして、帰ればいい。刑法には抵触しない」

「そ、そうかなあ」

「刑法に、マンションの廊下でちょこちょこっと手を動かした罪、というのがあるか」

「ありません」

「米朝《べいちょう》と枝雀《しじゃく》とどっちがいい。お前、CD集めてるんだろ。今どき貴重な古典落語のコレクションに、俺もささやかな貢献をしようじゃないか」

「いいです。ほとんど持ってますって」

「全部ってことはないだろ。ないのは何だ。欲しいのは」

「そういえば、米朝師匠の『算段の平兵衛』昭和四十七年度のライブ版がなかったような。おっと。今、独り言を言ってしまった」

麦山はたすきがけにしていた鑑識バッグをおろし、中から虫歯をいじるような細長い金具を何本か取り出した。

以前、捜査三課が名うての空き巣を検挙したとき、ピッキング用の金具を山と押収して、鑑識に持ってきた。麦山にとって、それは猫にまたたびだった。彼はうっとり金具に見とれ、やがてそれを自分なりに改良して、この世で最強のピッキング用金具を作った。

以来、鑑識オタク麦山攻の手にかかって、開かないドアはない。

麦山が五〇一のドアの鍵穴にピッキングの金具を二本差し入れてから十七秒、かちゃりと音がして、ロックが外れた。

「おめでとう、麦山くん。三日以内にアマゾン・ドットCOドットJPから、桂米朝の『算段の平兵衛』昭和四十七年度のライブ版がきみの許に届くだろう」

「私は廊下でちょこちょこっと手を動かしただけですから。いったい何の話やら」

麦山は鑑識バッグを拾い上げ、元通り肩からたすきがけにした。

「DVDがいいなあ、CDではなくて。いけないいけない。また出てしまった、独り言」

麦山が廊下の端のエレベーターに乗り、それが下降していってから、沢木は玄関のドアを開けた。そしてホルスターから拳銃を抜き、室内に侵入した。

もともと沢木は、勘のよい男ではない。第六感、などといういい加減なものはいっさい信じていない。

だが、いつからか、原因はわからないが、ときどき何かの拍子にぴんと感じることがあった。刑事になって、来る日も来る日も事件捜査に明け暮れるようになってからだ。ひとつの仕事に打ちこんでいると、それまで眠っていた六番目の感覚が目覚めるのだろうか。

このときがそうだ。拳銃を構えて五〇一の室内に侵入した瞬間、沢木はぴんと感じた。この部屋には何かある。

まだ陽が高いので、灯《あか》りをつける必要はない。沢木はS&WのM37エアウエイトを両手で構え、どこかに誰かが隠れていないか、慎重に室内を捜索した。五〇一はかなり広めのリビングキッチンと、ベッドのある洋室、和室、それにバスルームという間取りだった。

ひと通り歩き、誰もいないことを確認してから、ベッドルームに戻った。

ベッドにはつい最近、誰かが寝た形跡があった。壁には射的の的がかけてあって、ナイフが一本刺さっていた。ダーツではなくて、本物のナイフだ。的に何か書いてある。近づくと、アルファベットの文字がふたつ見えた。

MW

印刷された文字ではなくて、黒いマーカーで書いた字だ。なんのことかわからない。だが、この部屋の住人は、的の真ん中に「MW」という文字を自分で書き、そこに向かっていつもナイフを投げていたのだ。その文字には、何度もナイフが突き立った跡があった。

隅のテーブルを見た。そこには薬びんや、化学薬品のびんが何本も並んでいた。本立てもあり、本が何冊か並んでいる。顔を近づけ、本の背表紙を眺めた。小説はない。漫画もない。毒ガスに関する資料のような本ばかりだ。

もう一度眺めまわし、廊下に出た。ドアのすぐそばに電話機がある。昨日の一八〇一時、誰かがこの電話機で捜一にかけ、橋を呼び出したにちがいない。

広いリビングキッチンには、バーベル、ダンベル、レッグプレスなど、トレーニング器具がいくつか置いてあった。健康を維持するためではなく、みな身体を鍛えるための本格的な器具という感じだった。

沢木は、リビングとキッチンの間についたてのように置いてあるサイドボードの前に行った。ハンカチでとってをつかみ、引き出しをひとつずつ開けていった。

問題がなかったのはいちばん上だけだった。二段目の引き出しには、さまざまな形状をしたナイフが十数本、まるで珍しい昆虫の標本のように並んでいた。今では違法になったダガーナイフもある。

三段目の引き出しには、さまざまな種類の拳銃が、やはり標本のように並んでいた。リボルバーもあれば、自動拳銃もある。しかも、フィリピン製や中国製の粗悪な銃ではない。米軍の兵士が、今、最前線で持ち歩いているようなぴかぴかの銃ばかりだ。

四段目の引き出しには、手榴弾《しゅりゅうだん》や爆薬の類も入っていた。

ひとつ開けるたびに、沢木は息を呑む思いだった。が、いちばん下の引き出しを開けて、完全に表情を失った。

そこには帯封のついた一万円の札束が、ぎっしり詰まっていた。沢木は札束の数をざっと目で数えた。ひとつ百万だから、札束が百個あれば一億円になる。

決定的だったのは、サイドボード横のポケットに入っていた銀色のスーツケースだ。バンコクで誘拐犯を追跡したとき、そいつが提げていたスーツケースだ。沢木が最後に取り返したのはダミーだったが、一億円の札束を詰めてホテルから運び出させたのも、同じ銀色のスーツケースだったはずだ。

沢木は携帯を出し、捜査本部の直通番号に発信した。

「沢木だ。岡崎愛子誘拐事件の容疑者宅を発見」

10

牧野京子は読み終わったノートを一冊脇に置いて、またぎゅっ、とまぶたに指を押し当てた。

段ボールに入っている川村の手帳、ノート、レポートの類は、厖大《ぼうだい》な量があった。そして読むのは骨だった。活字原稿なら一定の速度で目を移動していけばいいが、そうはいかない。

みな手書きの文字で、取材中に慌ててメモしたらしい殴り書きもある。我流でくずした字もあるし、勝手に省略した語句もある。エッセン、ネーベン、サンズイ、メンツーといった業界用語も混じっている。その上、項目ごとにまとまっていない。医療ミスの疑惑と環境汚染に関するメモが、同じページにぐちゃぐちゃ入り混じっていたりする。ひとに見せるためのノートでなくて、あくまで川村記者の個人的な覚え書きなのだ。

一字一字判読し、意味を考え、想像力を駆使して内容をつかまなければいけない。

もう午後に入っていたが、まだ三分の一も読んでいない。昼は奥さんが近くの中華飯店のランチをとってくれた。迷惑をかけるので外に食べにいこうとしたのだが、こうなったら一分一秒の時間も惜しい。好意に甘えた。ランチを食べているときも、目はひたすら手書きの文字を追っていた。

気を取り直し、また段ボールの中からノートを一冊取り出した。そのノートには革の表紙がついていた。長い間持ち歩き、何度も開いたり閉じたりしたと見えて、革の表紙はよれよれだった。取り出したとき、何かしら背筋が逆立つような感覚があった。京子にも、いつしか職業的な勘が働くようになっていたのだろう。

ページを開こうとすると、真ん中あたりでふたつに割れた。そこに一枚の紙がクリップでとめてあったためだ。

その紙というのは地図だった。昨日パソコンの画面で飽きるほど眺めた島——沖之真船島の地図だった。

「直径八キロのほぼ円形をした島。伊豆—小笠原海嶺の上にあり、第四紀更新世の後期に起きた海底噴火で、島が形成された」

というネットで調べた島の概略が頭に浮かんだ。

革のノートにクリップでとめてあったのは四万分の一の地図で、島の中央にある池もくっきりと描かれている。貯水池のようだ。その池の真ん中に、赤いボールペンで×印がついている。川村がつけた×印だろうか。だとしたら、何の印か？

京子はその地図をクリップから外した。すると下のページに、アルファベットの文字がふたつ、大きく書かれていた。

MW

はじめは誰かのイニシャルかと思った。が、それだったら、MとWの下に、それぞれドットがついているはずだ。そうではなくて、MW。

何と読むのだろう。エムダブリュー？

京子は鞄の中からノートパソコンを出し、グーグルの検索ボックスに「MW」と打った。何件かヒットした。

マイクロ波　MICRO WAVE

中波　MEDIUM WAVE

分子量　MOLECULAR WEIGHT

これはいずれもイニシャルなので、おそらくちがう。

マラウイ共和国の国名コード

これも関係があるとは思えない。おしまいにもうひとつあった。

MW(ムウ)……出典:フリー百科事典「ウィキペディア」これは書きかけの項目です。書いてくださる方を募集しています。

京子はおしまいの一行をじっと見た。

「ムウ」

そして大急ぎでページをめくった。岡崎俊一、荒木重和、望月靖男といった名前が目に飛びこんだ。むさぼるように読んでいると、携帯が鳴った。

「うるさい」

思わず叫び、そこが川村記者の自宅だったことを思い出した。隣の部屋には奥さんがいる。鞄から携帯を取り出し、発信者の名前を見て、受信ボタンを押した。

「溝畑くん、今から名前をふたつ言うからメモして。結城美智雄。賀来裕太郎。ガライは年賀状が来ると書いて賀来ね。このふたり、聖ペトロ学園の卒業生なんだけど。今、どこで、何をしてるか調べて。できたら顔写真も手に入れて、私のノートパソコンに送って」

「何者なんです」

革の表紙のノートで見つけた名前だ。

「あとで説明するわ。とにかくお願い。もうひとり、十年ほど前、四谷の教会にいた村越哲平《てっぺい》という神父さんのことも調べて。大至急。じゃ、よろしく」

「ちょ、ちょっと待ってください。電話したの、僕ですよ」

そうか。「何か用だった？」

「今、会社のパソコンに事件発生のメールが入ったんですけどね」

重大事件が発生すると、デスクから記者全員のパソコンに一斉メールが送られる。

「読みますよ。ＬＡ新世紀銀行で横領事件発生。容疑者の名は、山下孝志」

「今忙しいの。悪いけど、そっちで処理して」

京子は携帯を切ろうとした。

「この山下って容疑者ね、例のリストに載ってるんです。望月大臣の後援会員のリスト」

「もういっぺん言って。容疑者の名前」

京子は急いで革のノートをめくった。その男の名前はやはり載っている。

「そのひと、沖之真船島の出身ね」

「ビンゴ」

「そのニュース、詳しく教えて」

「僕のとこにはまだ詳しい内容は来てません。さっきLA新世紀銀行のお偉方が、記者会見を開いて、横領の事実があったという発表をしたところなんです。うちは三田が行ったみたいなんですよ、記者会見。あんな野郎に頭を下げて、どうでした？　なんて訊けますか。テレビを見た方がよっぽどましだ」

「テレビでは流れたの？　そのニュース」

「まだです。夕方のニュースじゃないですか」

「それを見たら、携帯で教えて。私はまだここを動けないから」

「どこにいるんです。ものすごい収穫があったみたいですね。場所くらい教えてくださいよ」

「あなたも取材記者なんだから、見当ぐらいつけなさい。大漁旗をばんばん立てて帰港するわ」

「あ、もうひとつ、井本佳央里の件ですけどね、荒川のバラバラ事件の容疑者。あれも先輩、ビンゴかも知れないっすよ。昼過ぎ、捜本を覗いて、顔知りの刑事をひっかけてみたんですよ。『井本佳央里って、男だったんですか』って。そうしたらびくっとなって、『どこで訊いた。まだそうと決まったわけじゃない。いやいや、ぜんぜんわかってないんだ。変なこと書くなよ』だって。わかりやすいったら、ありゃしない」

溝畑ははは、と笑った。

「捜本も、井本佳央里は男だったんじゃないか、そう気づいて足取りを洗い直しているんだと思いますよ」

「荒川のバラバラ事件、バンコクの誘拐事件、LA新世紀銀行の横領事件、きっとみんなつながってるわ。その中心にいるのが望月靖男大臣。これ、まちがいないわ、世紀のスクープになる」

京子は携帯を切ると、また革の表紙のノートを読みふけった。

傾いた陽が、海に近い品川の再開発地区を照らしていた。鉄骨だけでできたビルの十六階は、まるで古い写真みたいに茜《あかね》色に染まり、動くものもない。午後の半ばまでは、ときどき鉄骨と何かがぶつかったり、何かがこすれるような音がした。

「ムウ、ムムウ、ムウ！」

というくぐもった絶叫のような声もした。いすに縛りつけられた山下本部長が、逃れようと、懸命に身をもがいていたのだ。しかし、もうそれもなくなった。山下はもがき疲れ、叫び疲れ、半ば気を失ったような状態でうつらうつらしていた。

その間、いすの上に置かれた携帯テレビだけが、まったく同じ調子で番組を放映し続けていた。

「次のニュースです。今日午後、ＬＡ新世紀銀行で社員による横領が発覚しました」

山下はふっと目を開けた。

「横領の容疑がもたれているのは、ＬＡ新世紀銀行の本社に勤めるコーポレートファイナンス部の本部長山下孝志、五十六歳。山下容疑者は、銀行のオンラインを利用し、複数の顧客の口座から、合わせて一億円以上の預金を横領したと見られています」

山下は目を剝いた。自分の耳が信じられない。目が信じられない。だがそのとき、携帯テレビの液晶画面に、自分の顔写真が大きく映った。その下に〝山下孝志容疑者（56歳）〟というテロップ。

「山下容疑者は、現在行方がわからなくなっており、警察は逃亡の恐れもあると見て捜索を続けています」

山下はもがきだした。全身の力をこめて、身体を縛りつけているロープをほどこうとした。が、いすが転倒しただけだった。ロープは手首、足首に食いこみ、痛みが激しくなった。

「LA新世紀銀行は、さきほど記者会見を開き、事件の経過を説明しました。その模様をVTRでご覧下さい」

テレビ画面に、LA新世紀銀行の社長、副社長、専務の三人が映った。三人とも固い表情で立っていた。

「このたびは世間をお騒がせし、また顧客の皆さまに多大のご心配、ご迷惑をおかけしましたことを、深くお詫《わ》びいたします。まことに申し訳ございません」

社長が陳謝の言葉を述べ、三人は深々と頭をさげた。

「事件の全容に関しましては、ただいま精査中でございますが。現段階において判明いたしました事実を、私の方からご説明をさせていただきます」

三人が着席したあと、森野専務がメモ用紙を見ながら説明をはじめた。いすが転倒し、その画面がよく見えない。山下は懸命に顔を動かし、目を凝らした。

靴音が、下の方からゆっくりと簡易階段を上がってきたのは、そのニュース番組が終わってしばらくしてからだった。

「ニュース、見ました？」

「ムウムウ、ムムウ」

白い手が伸びてきて、転がっている山下の身体をいすごと引き起こした。そして口に噛ませてあったネクタイを顎のところへ外した。

「俺をはめたな。結城、最初からそのつもりだったな」

結城はその顔面を殴った。山下はまたいすごと吹っ飛び、転倒した。結城はさっと踏み出し、みぞおちに蹴りを入れた。

「俺たちが背負わされた地獄を思えば、まるで手ぬるい」

山下はみぞおちに入った蹴りのために、長いこと口がきけなかった。息をするだけで精一杯だった。やっと顔をあげ、声をひきずりだした。

「私が、何を、した」

「ムウ」

「なに？」

「知らないとは言わせない。MW《ムウ》だ」


沢木はむっとして腕を組んだ。だからキャリアは嫌いなのだ。杓子定規《しやくしじようぎ》に規則規則と言いたてて、捜査の現場というものを知っていない。知ろうともしない。

「何回言ったらわかるんですか、沢木さん。ここは北朝鮮じゃない、日本です。令状もなく、勝手にひとの住居に入っちゃいけないんです。われわれは民主警察なんだから。一課長に、何と報告すればいいんですか」

「一課長には、俺が適当に言っときますよ。あんたに迷惑はかけない」

「適当にって……そういういい加減なことをされるとね」

思わず声が高くなり、キャリアの若い警部補はそっとあたりを見回した。一課の捜査員と鑑識の課員が、影のように動いて仕事をしていた。世田谷区等々力のマンションの五〇一だ。

キャリアの若い警部補は、沢木を部屋の隅に引っぱっていった。

「沢木さん、だいたいどうやってこの部屋に入ったんです。ドアに鍵がかかっていたでしょう」

「ドアに鍵？　かかってなかったんじゃないかなあ。すうっと入っちゃったもの。住人が、鍵をかけ忘れていったんだと思いますよ」

「今回はたまたまね、違法なものがいろいろと室内に置いてあったからいいですよ。いや、いいってことはない。違法な手段で手に入れた証拠品は、裁判では認められませんから。知ってますよね、そのことは」

「だから今、令状取って、遵法精神にのっとって捜索してるんでしょう。誰のおかげで令状取れたと思ってるんだ」

「いやいや、だからね沢木さん、室内に侵入して、もし何もなかったら、どうなってたと思うんですか」

「あんたの名前、なんてったっけ」

「神保《じんぼ》です。神保克齋《かつよし》」

「歳は二十三か。四か」

「二十三です」

「神保さんよ、その歳でもう警部補。来年あたり、研修課程で自動的に繰り上がるんだろうな、警部に。そうなれば、俺より上だ。そのあとは警視、警視正、警視長……どんどん出世していって、あっという間に雲の上の存在になる。俺なんかには洟《はな》もひっかけない。だろ」

「いいえ、そんなことは――」

「大ありさ。あんた、東大を出たばりばりのキャリアだもん。俺なんかとは根本的に人種がちがう。だが今は、ほんの一瞬、俺と同じ警部補だよな。そして俺の方が先輩だ。階級は同じでも、俺の方がちょっと上だ。ちがうか」

「おっしゃる通りです。ちがいません」

「だったら罰はあたらん、俺の言うことをきけ。一回しか言わんぞ。いいか」

沢木はにやりとして、言った。

「失せろ」

キャリアの若い刑事は頷き、一礼して離れていった。それを待っていたかのように、ひとりの捜査員が近づいてきた。

「沢木さん、押収した札束ですが、一億円ぴったりあったそうです」

「札の番号は？」

バンコクで誘拐犯の手に渡った身代金――一万枚の一万円札は、みな番号が控えてある。LA新世紀銀行の結城という次長が、きわめて迅速な対応をしたからだ。

「先ほど照合がはじまったところですが。今のところみな合っているようです」

おそらく一万枚、すべての札の番号は一致するだろう。もし一致しなければ、札の番号を警察に届けた結城に、何らかの意図があったことになる。誘拐犯と関係があるのではないか、という疑いも招きかねない。

沢木は唇を噛んだ。沢木にとっては、結城美智雄が誘拐事件の第一容疑者だ。今もその疑いはぬぐえない。

だが、ちがったのか。

「この部屋の住人のこと、何かわかったか。西原といったよな」

見まわすと、別の捜査員がやってきた。

「西原稔英は四十五歳、この部屋を貸しているオーナーの話によると、グリーンドアというIT関連の会社の重役ということでしたが。その会社はとっくにつぶれ、今はありません。グリーンドアの元社長をつかまえて、顔写真だけは手に入れました」

捜査員は手帳にはさんであった写真を抜いて、こっちへ寄こした。中年の男に特有の肉の厚い顔だ。バンコクで追跡したあのほっそりした誘拐犯とは似ても似つかない。

「ITの会社がつぶれてからは、こいつ、何してる」

「わかってません」

「部屋の賃料はちゃんと払ってたんだろ」

「毎月三十日までに振りこむことになっているそうですが。オーナーの話だと、いっぺんも遅れたことはないそうです。今月分も、先月末に振りこまれています」

「まだ捕まらんのか」

「現在、各方面に緊急手配中です」

沢木は顔写真を捜査員に返した。おもしろくなかった。納得のいかないことばかりだ。

「麦山はいるかあ」

沢木は大声を出した。すると青い制帽、青い制服を着た鑑識の課員が、指紋採取用の刷毛《はけ》を手にしてやってきた。

「麦山は午後、何かの捜査で出たんですけどね。急に体調を崩したって電話があって、そのまま直帰しちゃいました」

「体調を崩した？　そりゃいかんなあ。大丈夫か」

「あいつ、ちょっと危ないんですよね。ある日突然出社拒否して引きこもっちゃうって、あの手のタイプだと思いませんか」

「目つきがあやしいからな」

「沢木さん、指紋が出ません」

「なんだって」

「この部屋です。どこからも、ひとつも指紋が採取できません。残らずきれいに拭き取られています。この部屋の住人は、もう逃《ふ》げたんじゃないですか。その前に、自分の指紋を拭いていった――」

「ばかな。一億の札束があるんだぞ。置きっぱなしにして、誰が逃げる」

「だったら一度、部屋中の指紋をきれいに拭いて、そのあといつでも逃げられるように、指紋をつけないように暮らしていた」

「そんなことが可能かよ」

「手袋をはめて暮らしていれば、できないことはないでしょう。あるいは自分が触ったところはしっかり覚えていて、その都度拭いた」

どっちにしても普通じゃないな、と沢木は思った。俺は今、とんでもない悪魔を追っているのかも知れない。

「沢木さん」と声がして、捜査員がひとり飛んできた。

「西原稔英が見つかりました。墓の中です」

「何だと?」

「西原は二年前、交通事故で死んでます。同姓同名の有無を確認していて遅くなりましたが、死んだのは、グリーンドアの役員だった西原稔英にまちがいありません」

「ついさっきまで、そっちのベッドで寝ていた男は誰だ」

沢木はリビングのサイドボードをばん、と叩いた。

「西原が死んだ後、毎月家賃を払って、指紋ひとつつけないでここで暮らしていた男は誰なんだ」

11

山下本部長は震え上がった。

鉄骨だけのビルの十六階の手すりに、顔を外側に向けて坐らされたのだ。手足を縛られているので、ほとんど身動きできない。下手に動くと落下する。背中をとん、と突かれても落下する。

大型電気店の看板が、赤と白のネオンをくっきり灯し、目の前のやや斜め下に見える。そこまでの距離は五十メートルほど。その間には、ただ空気しかない。

「やめてくれ。頼む、結城。何でもする」

まるで異変を告げる遠雷のように、はるか下から車の走行音がたちのぼってきた。車がにぎやかに行きかう路面は、ここからおよそ五十メートル下にある。高所恐怖症の山下は目を開けていることができない。

「だったら思い出せ」

「知らないんだ。MWなんて聞いたこともない。なんだ、それ」

「神経ガスの一種だよ。米軍の研究所が開発した」

山下はどきっとなって目を開いた。

「手数のかかる男だ。やっと思い出したか」

「待て。あれは……」

「十六年前、沖之真船島にあった米軍の研究所で、MWの漏出事故があった。六百人の島民は、それが元で全滅した。助かったのは、島を離れて本土に働きに行っていたごく少数の人間だけだ。あんたはそのひとりだな、山下本部長」

「そうだ。それはきみの言う通りだ。しかし」

「米軍の要請を受け、日本政府はMWの漏出事故を隠蔽しようとした。その隠蔽工作を一手に引き受けたのが、当時防衛庁長官だった望月靖男だ。あんたは望月に買収されて、その工作に加担した」

「どうして、きみが、そんなことを……」

「島にいたあんたの家族も殺されたんだぞ。それでよく望月の言いなりになったな」

「われわれに選択の余地などなかったんだ。望月先生の言う通りにしなければ、俺たちが口封じに殺されていた」

「あんたには島に四人の家族がいた。七十を過ぎた母親と、家を継いだ長男夫婦と、その子供だ。殺された彼らの無念な気持ちを考えたことがあるか」

「あれは事故だったんだ。神経ガスの漏出事故。ある意味で、仕方のない出来事だった」

「本当にそう思っているのか」

「望月先生にそう聞いた。それ以外のことは知らない。私は島にいなかったんだ」

「山下本部長、ＭＷは今どこにある？」

山下は歯を喰《く》いしばり、首を横に振った。結城はその背中をとん、と突いた。山下は叫び声をあげて落下した。が、その身体は、手すりから二メートルの地点でとまった。

　手首と足首を縛っていたロープは、いつの間にかほどかれていた。その代わり、胸に巻かれたロープが手すりにつながれ、それが辛うじて落下を防いだのだ。山下は必死に身体を反転させ、両手で手すりの下の金網にしがみついた。

「ＭＷは今どこにある？」

「知らん。私はただ、事故のことを、いっさい口外しないように命令されただけだ」

「じゃあ、誰が運び出した」

「本当に何も知らないんだ」

結城は上着のポケットから革のケースに入ったナイフを出し、ケースを捨てた。山下がそれを見て、泣き声を出した。

「私を殺したら、きみも死刑だ。わかってるのか」

「まだ言ってなかったかな。岡崎俊一と娘を殺したのは俺だ。荒木重和もそうだ。ほかにもおおぜいいるよ。何人殺したかもう覚えていない」

結城は手すりにつないであるロープにナイフを当てた。

「待ってくれ。殺さないでくれ」

構わずロープを切ろうとした。

「島だ」

「何？」

「MWはまだ島にある」

「ふざけるな。俺にでまかせが通用すると思っているのか」

「運び出すのは危険だった。安全に保管する方法がある、と米軍が言って――待て。本当だ」

結城はナイフをすっと引いた。ロープが半分ほど切れた。

「島のどこだ」

「そこまでは、知らない」

結城はロープを断ち切った。山下は必死の形相で、両手で金網にしがみついた。大型電気店の看板がその顔に、後方から赤と白のネオンを差しかけた。

「助けてくれ。頼む。俺には難病の子供がいる。俺がいないと、美保《みほ》は生きていけない」

「知っている」

「だったら結城、助けてくれよ。お前にも人間の情ってものが」

山下の右手の指が四本、左手の指が三本、金網の間に入りこんで辛うじて落下を防いでいた。結城は内側からその指を押し、一本ずつはずしていった。指が一本外れるたびに、山下は真っ赤な顔になって踏ん張った。

「一生の頼みだ。助けて、くれ」

「島の住人も、あのときみんなそう言った」

山下の左手は、まだ金網に指を入れて取りすがっていた。だが、右手が離れた瞬間、体重を支えきれなくなって落下した。絶叫は弱く、風がさらい、結城の耳にもほとんど聞こえなかった。

結城はさっと身を翻し、簡易階段を降りはじめた。

天丼とミニ夜泣きそばのセットで晩めしを食べていると、ＬＡ新世紀銀行というアナウンサーの声が耳に入った。沢木は箸《はし》をとめて、テレビの方に目をやった。

昔ながらのうどん屋で、デコラ張りのテーブル席が四つ五つ、テレビはいちばん奥の台の上に乗っている。ニュースの時間で、ときどき見かけるレポーターがメモボードを見ながら喋っている。まわりに騒がしい客がいるので、沢木は耳をそばだてた。

「現場はまだ混乱しています。情報も錯綜《さくそう》していますが、これまでに判明したことを、整理してお伝えします。先ほど、午後七時過ぎ、品川区にある建設中のビルから、ひとりの男性が転落して死亡しました。死亡したのは、ＬＡ新世紀銀行コーポレートファイナンス部の本部長、山下孝志さん、五十六歳。山下さんは、銀行の金一億円を横領した疑いが持たれ、現在指名手配中でした。このことから、山下さんは自殺した可能性が高いと見られています。しかし、未確認情報によりますと、現場には不審な点もあるということで、警察は慎重に調べを進めています……」

沢木は急いで天丼を口に押しこみ、夜泣きそばをかきこみ、勘定をして外に出た。晩めしをおしまいまでゆっくり食い終えることができるのは、三日か四日に一回だ。携帯を出すと、その場で一課にかけた。

「沢木だ。ＬＡ新世紀銀行の本部長が転落死した事件《やま》な、どこがやってる」

「さっきうちの四係も出ていきましたよ。殺しの疑いもあるって話でね」

警視庁の捜査一課強行犯には、捜査三係から捜査十係まで、七、八名の刑事からなる班が八つある。都内で凶悪事件が発生すると、このうちのどこか一班が現場に急行し、所轄の刑事と一緒に捜査に当たる。

沢木はいったん携帯を切り、捜査四係にいる親しい刑事の携帯にかけた。四係の刑事はまだ品川の現場にいて、現場検証の真っ最中だった。

「殺しの疑いがあると聞いたが。どうなんだ」

沢木が訊くと、四係の刑事は短く笑った。

「どうしたい沢木、おたくが追ってる事件とは関係ないだろう」

「ＬＡ新世紀銀行ってのがひっかかるんだ。ことによると、どっかでつながってやしねえか、と思ってさ」

「相変わらず食いつきのいい男だな。今のところ、自殺の線が二、殺しが八ってとこか」

「その理由は」

「被害者の手首に、ロープで縛られていたような跡がついてるんだ。誰かがビルのてっぺんに、長い時間、被害者をロープでつないでおいた。なぜそんなことをしたかはわからんが。そうしてある瞬間、ロープをほどいて突き落とした」

「犯人の目星は？」

「まだわからんが、おそらく一億円の横領が絡んでいるだろう」

「仲間割れか」

「その可能性もある。横領犯は別にいて、山下に罪をおっかぶせて消した、という線もある」


牧野京子は迷いながら、山の手教会の扉を叩いた。

パリへ旅行したとき、街の教会がみなひと晩じゅう扉を開けていることを知って、驚いた。教会は神の家で、いつひとがやってきても迎えることができるように、二十四時間、門戸を開いているという。

だが日本の教会は、夜は閉まる。こんな時間から訪ねていっても、無駄足ではないか。川村記者の自宅を出たときは、そう思って帰ろうとした。

しかし、頭の中は沸騰していた。家に帰っても、眠れるとは思えなかった。

電車を乗り継ぎ、米海軍の東京基地のある海辺の町へ着いたときには、もう九時に近かった。暗い港には、米軍の巨大な空母が停泊していた。岸壁の灯りに浮かぶその船影を見ながら、山の手教会の石段を上った。八割方は、やはり無駄足だろうと思いながら。

しかし、教会の扉は開いた。中の礼拝堂には飴《あめ》色の灯りが重く灯っていた。

「すみません。どなたかいらっしゃいますか」

パリの教会では、みな黙って入っていき、聖壇に祈りを捧げ、そして黙って出ていった。みんな自分の家のように、勝手に出入りしていた。

しかし、カトリックの信者でもない京子は、そうはいかない。戸口で立ち止まって、声をかけた。

礼拝堂の前の方のいすにいた誰かが立ち上がり、こちらを見た。若い女だ。

「教会の方ですか」

思い切って中に入り、近づいた。若い女は通路に出てきた。まだ十代、高校生ぐらいか。そのまわりには四つか五つの子供が三人いる。

「こんばんは。ちょっといいかしら」

「どんなご用件でしょう」

「私、東京中央新聞の牧野と申します。こちらに賀来神父がいらっしゃると思うんですが」

　男の子がひとり、ぱっとどこかへ駈けだした。残ったふたりは、若い女のワンピースをつかんで恐る恐るこっちを見ている。若い女は、悪党からかばうようにそのふたりの肩に手をまわし、不安そうに京子を見た。

「こんな時間に、突然やってきてごめんなさい。おどかしちゃったかな」

　どこかでドアの音がして、靴音がした。京子はそちらに顔を向けた。さっき駈けだしていった男の子を連れて、男がひとりやってくる。あっさりしたスポーツシャツを着た、三十前の男だ。

「賀来神父ですね」

　すぐわかった。

　溝畑は思ったよりも優秀で、あれからすぐに結城美智雄と賀来裕太郎の現況をつきとめた。ふたりの顔写真も手に入れて、京子のノートパソコンに送ってきた。高校生の頃の写真だが、賀来の顔はその頃とあまり変わっていない。

「賀来ですが。今日はもう遅いです。どんなご用件か知りませんが、明日にしていただけませんか」

「神父さん、沖之真船島のご出身ですよね」

賀来はいっさい表情を変えず、若い女を見た。

「美香ちゃん、子供たちを」

美香と呼ばれた女は頷き、子供たちに合図した。

「みんなもう寝る時間よ。お家《うち》へ帰るわ。いらっしゃい」

おやすみなさい、しんぷさま。おやすみなさい、しんぷさま。ねたくなんかねえよ、かみさま、おれをねかせないでくれ。

「隣の児童養護施設の子供たちです。あの男の子は博多の病院の赤ちゃんポストに入ってました。女の子ふたりは、どちらも教会の前に捨てられていました」

美香が三人の子供を連れて礼拝堂を出て行くと、賀来はそう言って微笑んだ。

「かわいそうに」

思わず京子は呟いた。賀来はそれを聞きつけて、ゆっくりと、大きく首を横に振った。

「いいえ逆です。彼らは、特別に、神に祝福された子供たちです」

「カトリックでは、そういう考え方をするんですか」

「よろしければ、日曜のミサにでもおいでください」

賀来は会釈をして、立ち去ろうとした。京子は急いで呼び止めた。

「賀来裕太郎さんですよね。沖之真船島のご出身ではありませんか」

「いいえ。誰かとひと違いをなさってるようですね」

ひとには言うな。絶対言うな。俺たちが島の生き残りだとわかったら、殺される。やつらは絶対殺しにくる。十六年前、島を出てから、結城に何度そう言われたかわからない。誰に訊かれても、だから島のことを話したことはない。

賀来は落ち着いて否定すると、背中を向けて歩きだした。

「私、知っています、村越神父のこと。ＭＷのこと」

賀来は足をとめた。京子はその背中をじっと見た。その声は、しかし別のところから聞こえてきた。

「新聞記者ですって？　何を知ってると言うんですか」

京子は声がやってきた方へ顔を向けた。聖壇の奥の方から靴音がして、高価そうなスーツを着た長身の男が姿を現した。京子はその細い顔をじっと見た。溝畑が送ってきたもう一枚の写真の男に似ている。

「結城美智雄さん？」

「先に質問したのは僕だ」

「よかった。ここでおふたりに会えて」

結城は腕を組んで近づいてきた。それを見て、賀来は色を失《な》くした。あれは結城が、右手にナイフを隠し持っているときのポーズだ。表情の失せた白い細面から、ひやりとした殺気がほとばしった。やめろ、結城。この教会まで血で汚すのか。

「あなたたちも危険よ。おふたりに会って、まずそのことを伝えなくては、と思っていたの」

結城は足をとめた。「何の話だ」

「沖之真船島の出身者が狙われてるの。荒木重和、岡崎俊一、このふたりはもう殺された。山下孝志もたぶん生命を狙われて、それで銀行のお金を横領して、逃走したんだと思うわ。今、横領容疑で指名手配されてる。あなたたちも、殺されるかもしれない」

この女記者、とんでもない勘違いをしている。賀来はそう思い、ちら、と結城の表情をうかがった。

「何の話かわからないんですけどね」

結城の口ぶりは変わらなかった。が、さっきまで感じた殺気が消えている。

「あなたたちを救いたいの。私を信じて。そして話して。あの島で起きたこと。私、生命がけであなたたちを守るから。約束する」

「そう言われても、俺たちはそのなんとかって島、知らないよ。なあ賀来」

京子が立っているところから二、三列離れたところまで来ると、結城はだらしない格好で、礼拝堂のいすに腰をおろした。

「沖之真船島には、当時、およそ二百世帯、六百人の住人がいたわ。十六年前、そこで大規模な山火事が起きて、六百人全員が死亡した。報道ではそうなってる。炎がおさまってからも、政府は島を封鎖して、立ち入りを禁じた。自衛隊の哨戒《しょうかい》機が、絶えず島のまわりを飛んで、近づく船を追い払っていたそうね。でも、半月後、船に乗って島へやってきたひとがいた。政府の禁を破って、夜中にこっそり上陸した。それが村越神父だった」

京子はそこで言葉をとめて、ふたりを見た。結城の表情は変わらない。だが、賀来の表情には、明らかに驚きと動揺がある。

「村越神父は、その頃、伊豆大島の大島教会に派遣され、教区司祭として活動していた。この教会には、伊豆諸島、小笠原諸島に住む三十二名の信徒が、毎月一回、ミサに訪れていた。その中に、沖之真船島から来ている親子がいたの。四十歳の父親と、幼児洗礼を受けている十二歳の男の子だった。村越神父は、どうしてもその親子のことが忘れられなかった。それで、ふたりに祈りを捧げるために、政府の禁を破って島に上陸したの。もちろん神父も、誰かが生きてるなんて思ってもいなかった。島じゅうが焼かれて、半月経っていたんだもの。その間、食べる物も何にもなかったのよ。どうしてそんなところで生きていられる？

でも、いたの。この世の地獄を、半月生き延びた男の子がふたり、島に生存していた」

京子はバッグを下に置き、自分の手帳を取り出した。

「村越神父は、そのふたりの男の子を見つけたときのことを、あとで日記にこう書いてるわ」

手帳を開き、そこに書き写した文章を読んだ。

「ふたりともガリガリに痩せ細って、目だけが油みたいにギラギラしていた。人間とは思えない、獣のような目だった。私を見ると、ふたりとも獣のような唸り声をあげ、警戒心をむき出しにした。だが、獣ではなかった。ふたりは互いにかばいあい、寄り添って立っていた。そのひとりの胸に、十字架が下がっているのを見たとき、私は神の存在を確信した」

京子は手帳を閉じて、もう一度ふたりを見た。

「それがあなたたちね。結城美智雄、賀来裕太郎。よく——」

そこで不意に喉がつまり、声が出なくなった。京子はうつむき、あとは囁くように言った。

「よく生きてたわね。本当によく生きてた」

米軍の戦闘機が頭上を通過していった。その爆音が消えると、海辺の教会の礼拝堂に沈黙が落ちた。しばらくは三人の息づかいも聞こえなかった。

「水は、貯水池があるんですよ、そこで飲めた。食べる物は、まわりが海ですからね。僕には海草しか取れなかったけど、結城が魚を釣ってくれた。海に潜って、銛《もり》で魚を突いてくれた。簡単なことですよ、生きていくぐらい……いや、ちがう。僕ひとりだったら、とても生きてなんか——」

「よせ、賀来」

「聖書に有名な文句があるでしょう。ひとはパンだけで生きるんじゃないって。あれ、どういう意味かわかります？　結城がそのとき、僕にそれを教えてくれた。あのとき結城がいなければ——」

「やめろ」

そこでまた、礼拝堂に沈黙が落ちた。京子はやがてハンカチを出し、涙でぐしゃぐしゃになった顔を拭いた。

「村越神父は、ふたりの男の子を引き取って、育てようとした。でも神父さんって、無給なんですってね。教区の方から、何のお金も出てないんでしょう」

賀来の方を見ると、賀来は黙って頷いた。

「村越神父も、だからふたりを食べさせていくことができなかった。それでふたりを聖ペトロ学園に入れる手配をした。将来聖職につくという約束をして神学生になれば、授業料は免除。ほかに奨学金も出る。それでふたりは食べていける。そう思って。幸い聖ペトロ学園が入学を許可して、ふたりは神学生になった。とても優秀な生徒だったそうね。学年の中でも、ふたりはいつも図抜けてトップの成績だった。

賀来くんはそのまま聖ペトロ大学に進学して、二年飛び級、二十歳で神学校に入って、六年。二十六で助祭になって、東京教区からこの教会に派遣された。一年後、前の神父さんがよそへ移ったのをきっかけに司祭に叙階され、この教会を預かった。

結城くんは、聖ペトロ高校を出ると、カトリックを棄教。外資系の奨学金をもらって、東大の経済学部へ進学。トップの成績で卒業して、ＬＡ新世紀銀行へ入行。出世コースに乗って、その歳で、もうコーポレートファイナンス部の次長」

「何でもお見通しってわけですか、女記者さん」結城が薄笑いをうかべた。「えらそうに」

「えらそうに自慢しに来たんじゃないの。あなたたちを救いたい。そう言ったでしょう」

「俺たちを救う、だってよ、賀来。おもしろい話だな」

「私は真面目《まじめ》よ」

「その前に、あなたの情報源を教えてもらおうか。なぜそんなことを知ってる？」

「毎朝新聞の川村記者の取材ノートを読んだの。十年ほど前、川村さんは、村越神父の依頼で沖之真船島のことを調べた。そして〝沖之真船島の疑惑〟という連載記事を書きはじめた。でも紙面に載ったのは一回だけで、すぐ打ち切り。その三ヵ月後、川村さんは交通事故で亡くなった。その一ヵ月後、川村さんに島のことを調べるように頼んだ村越神父も、亡くなった。当時、村越神父は東京の四谷教会にいたんだけど、教会の石段から転落して、事故死。神父は高齢だったから、たまたま足を踏み外したのかも知れない。でも、そうではなくて、誰かに突き落とされた、殺されたってことも――」

「誰に」

「あのとき島で起きたことを隠蔽した張本人、望月靖男、現外務大臣に」

結城の眉がぴくりとした。もう薄笑いは跡形もない。

「川村さんのノートには、当時、村越神父がひどく脅えていると書いてあったわ。それで神父は、島で起きたことを調べて欲しい、事実を明らかにして欲しいって、川村さんに頼んだの。そのふたりが、立て続けに事故で亡くなった。おかしいでしょう。それに今度は、荒木重和、岡崎俊一、山下孝志。きっとみんなつながってるわ。あなたたちも危ない。私はあなたたちを救いたいの。証言して」

「何を」

「あのとき、あの島で起きたことを。ありのまま」

「証言すると、どうなる」

「事実が明らかになれば、誰もあなたたちに手が出せなくなる。マスコミがみんなあなたたちに注目するから。でないと、あなたたち絶対に殺されるわ」

「俺たちの話をいったい誰が信用するんだ。証拠もない」

「証拠があるとしたら？」

「何を知ってるんだ、女記者さん」

「ＭＷのありか」

「……まだＭＷは存在してると？」

「ええ。あるわ」

そのとき、結城は急にうつむいて喉をかきむしった。目が飛び出し、白目がみるみる充血した。また発作だ。賀来は駆け寄って、手を差し出した。結城はその手を振り払い、空気に爪を立てるような格好で、声を絞り出した。

「MWは、どこだ」

12

八丈島の底土《そこど》港を出て十分もすると、空と海しか見えなくなった。

五月の空はさわやかに晴れ、南の方にふたつ三つ、はぐれた雲が浮かんでいる。海はやや暗い青緑色で、銀色に光る魚がときおり白い波しぶきを立てて宙を飛んだ。クルージングや釣りを楽しむにはまたとない日だ。

あの養護施設の子供たちでも連れてきてやれば、と牧野京子は思った。船内には、子供たちの嬌声《きょうせい》と笑い声がいっぱいに満ちあふれるだろう。

しかし、今、クルーザーのキャビンは沈黙に包まれていた。計測器にかけて、その重さが測れるほどの沈黙だった。

　クルーザーの操縦桿《そうじゅうかん》を握っている結城の白い顔は、まるで陽にさらされた白骨のように見えた。そばに立って、じっと船の行方を見つめている賀来の顔は、その暗い影のように見えた。そしてどちらの顔にも、どこかこの世のものとは思えない、恨みのこもった表情が浮かんでいた。

　ふたりにとって、この海は決して楽園ではない。島が焼かれ、島民がみな虐殺されたあの日――昨夜その話を聞いたとき、京子は身体の震えがとまらなかった――この海は、必死に村を逃げ出したふたりの行く手をはばんだ。陸続きなら、一歩でも二歩でも、歩いて遠くへ行けた。いずれはどこか別の町へ、せめて食べるものと寝る場所くらいは提供してくれる町へ、たどり着くこともできたろう。

　しかし、この海がふたりの前に立ちはだかった。

　米軍の兵士が――昨夜賀来が言った表現を借りれば、白い宇宙人が――島にあったすべての船を焼き払っていた。もちろん泳いで渡れる海ではない。空には島内の様子を監視するため、あるいは生き残った者の脱出を防ぐために、自衛隊の哨戒機がしょっちゅう舞っていた。

　そのためふたりは、焼け野原と化した無人島で、ふたりだけでこっそり生き延びなければならなかった。飢えと、渇きと、白い宇宙人の到来に脅えながら。

十二歳の少年にとって、あの出口も見えない半月は、どんなに長い年月だったろう。その島へ、再び今、ふたりはクルーザーに乗って向かっていた。その姿を見ていると胸が詰まり、京子はふらり、とキャビンの座席に坐りこんだ。

伊豆諸島は昔に比べ、本州から格段に近くなった。東海汽船が、超高速ジェット船セブンアイランドを就航させたため、東京の竹芝桟橋から伊豆大島まで一時間四十五分、神津島《こうづしま》には三時間四十五分で行けるようになった。

だがもちろん、無人の沖之真船島へ行く船はない。京子がパソコンで情報を集め、八丈島から船をチャーターして島へ渡るのが最短のルートだとわかった。

はじめは会社の編集局航空部に連絡して、クルーザーの操縦ができる部員に来てもらおうとしたのだが、結城が船舶一級の免許を持っていた。そしてふたりとも、ほかの記者が同行するのをいやがった。

午前十時二十五分、三人は羽田空港からANAのジェット機に乗り、五十分で八丈島空港に着いた。タクシーで底土港へ行き、クルーザーで海に出るのに四十分、やっと今正午を過ぎたところだ。キャビンのテーブルには、京子が羽田で買ってきた弁当がまだ手つかずで載っている。

底土港で借りたボルボのクルーザーは――はじめは会員でないとレンタルできないと言われたのだが、結城がアメックスのゴールドカードを提示して、審査なしで、その場で会員登録をした――二十九フィートあった。船内はかなり広く、ギャレーもテーブルも手動トイレもある。エンジンは二機がけで、スピードもかなり出る。二、三時間あれば沖之真船島に着きそうだ。

「MWって、どういう意味です。前から気になっていたんですけど。どこからそんな名前がついたんですか」

賀来がキャビンにおりてきて、京子に訊いた。

「はっきりしたことはわからないんだけど。今のところ、説は三つね。開発した科学者のイニシャルだった、というのがそのひとつ。マイケル・ウォーデンとか、ミッキー・ウィルソンとか、その類」

「誰がMWを開発したのか、わかってるんですか」

京子は首を横に振った。

「沖之真船島にアメリカの研究所が建てられたのは、記録によると、一九九一年二月。アメリカがイラクを空爆し、湾岸戦争がはじまってすぐの頃ね。はじめは海洋研究所、という話だったのよ。一年もすれば、イルカ語辞書ができて、イルカが使っている言葉が翻訳できるようになる——なんて、島のひとたちに嘘っぱちを並べて」

川村記者の段ボールの中から、その研究所が島民向けに配布したパンフレットを見つけたときは、本当に呆れたものだ。

「イルカの生態を調べる海洋研究所、それが実は、米軍の化学兵器開発研究所だったわけ。でも、その研究所に関する資料は、あのとき島と一緒に全部焼かれちゃったらしいの」

だからどういう科学者が、そこでどんな兵器を開発していたのか、すべて炎の中に消えた。

わかっているのは一九九〇年代の前半、その研究所で、ほんの微量でひとを抹殺することができる神経ガスが開発され、それがMWと呼ばれたこと。開発したのは米軍だが、日本政府もそれに関与、協力していたと推測されること。むろん、どちらも否定し、MWの存在など認めていないが。

「川村記者がMWという名称をつきとめたのは、米軍のほかの資料からよ」

「ほかの説は？」

「MWの由来の話ね。もうひとつはＭａｄ　Ｗｅａｐｏｎの頭文字ではなかったか、という説」

「気が狂った兵器、ですか」

「もうひとつはＭａｎ＆Ｗｏｍａｍ」

「男と女」

「全人類ってことかしら」

「ＭＷを吸って生き延びるのは、人間以外のみ」

「そう。人類は皆殺し」

賀来はしばらく考えた。「それならまだましかも」

京子はえっ、と訊き返した。

「牧野さん、ときには殺すよりもっとひどい兵器があるとは思いませんか？　ＭＷというのはひょっとすると——」

そのとき結城が、操縦席から、エンジン音に負けない声を放ってきた。

「今のうちに弁当を食っておかないか。きみたち、先に食べてくれ。賀来は食ったら、俺と替わってくれ」

「船の操縦なんてできないよ」

「車じゃないんだ。心配するな。この操舵《そうだ》を持ってるだけでいい」

望月外務大臣は、その日、永田町の衆議院第一議員会館にある議員事務室で、同じ派閥の若い議員を次々呼んで歓談していた。

政局は混迷を深め、いよいよ解散、総選挙が近い。民自党の支持率は低く、今の総理総裁では選挙は戦えない、というのが衆目の一致するところだ。その前に民自党の総裁選をやり、党の新しい顔を作り、その勢いで総選挙になだれこむ、というシナリオが着々と進行している。

民自党の次期総裁、それは望月靖男を置いてほかにない。ついに天下を取る日がやってきたのだ。

望月は虎視眈々と狙っていた。そのためにも、派閥の若い議員たちのより一層の後押しが不可欠だ。望月は精一杯の笑みを浮かべ、面々との歓談に勤めた。

昼前に、秘書の松尾がやってきて、こっそり望月に耳打ちした。

「警察が、岡崎誘拐事件の容疑者宅を発見しました」

「いつ」

「昨日の夕刻だったようです」

「で、捕まえたのか」

「それが昨日の段階では、空振りに終わったそうで。それで報告も遅れたんでしょう」

「何をやってるんだ、警察は」

「ですがここまで来れば、逮捕は時間の問題かと」

望月は少し考え、松尾秘書に命じた。

「担当の刑事と接触しておけ」


沖之真船島が見えてきたのは、三人がキャビンで食事を済ませ、しばらくしてからだった。

島の北側に入り江があり、昔、定期船が接岸していたコンクリの突堤がある。しかし結城は、真《ま》っ直《す》ぐそちらへ向かわなかった。島が近づいてくると、いかにも行く手を邪魔されたというように、島を迂回《うかい》するコースを取った。そして双眼鏡を目にあて、慎重に島の様子を観察した。

半径はほぼ四キロ、周囲二十数キロの小さな島だ。

結城は島内だけでなく、まわりの海上にも目を凝らし、島を一周してから北の入り江に進入した。昔、入り江にあったフェリーの発着場や土産物店などの建物は跡形もない。何本かあるコンクリの突堤も、あちこち崩れてぼろぼろだ。結城が比較的ましな突堤に船をつけ、賀来が飛び降りて船を舫《もや》った。

「どうぞ」

賀来が手を出してくれたので、京子はその手をつかんで突堤に降りた。

「なぜ警備兵がいない？」

はじめて見る島の様子を観察していると、結城が訊いた。

「MWがまだ島にあるなら、米軍が厳重な警備体制を敷いているはずだ」

「川村さんの調査だと、米軍基地へサンプルが二、三本移送されただけで、大部分はこの島に隠匿されたそうよ。漏出事故のこともあって、米軍が、運び出すのは危険だと判断したのよ」

ＬＡ新世紀銀行の山下本部長も、ＭＷはまだ島にあると言った。運び出すのは危険だった。安全に保管する方法がある、と米軍が言って——。

「島のどこだ」

それは川村のノートには書いてなかった。が、そのかわりに地図が一枚、クリップでノートにとめてあった。京子は鞄を開けて、その地図を取り出した。

「ここよ」

ふたりは地図を覗きこんだ。そして地図のほぼ真ん中に赤いボールペンで書かれた×印を見ると、ちら、と目を見交わした。

「貯水池だ」賀来が言った。

「MWにはある特性があって、水が混入すると、毒性が中和されてしまうの。米軍は、漏出したときの危険を回避するため、水の中に隠匿したんだと思うわ」

結城はスポーツバッグを提げ、すでにコンクリの突堤を歩きだしていた。賀来とふたり、急いで後を追った。

「この辺に村はずれの家が二軒あって、村はここから南の方に広がっていたと思うんですが。しかし、もうわからないな、どこに何があったか」

米軍が村を焼きつくしたというのは、誇張ではなかった。見まわしても、家らしいものは一軒も残っていない。そして十六年の歳月が、その痕跡も完璧に消していた。ここにかつて村があったと言っても、最早誰も信じないだろう。

「これがたぶん村のメインストリート」

それも今や草ぼうぼうで、言われなくては道だとわからない。

賀来はときどき何か言い、足をとめて見回した。が、結城の方は、感傷とはいっさい無縁だった。口もきかず、先に立ってどんどん歩いた。貯水池に隠匿されたMW以外、何も頭にない様子だった。

二十分後、全身がうっすらと汗ばんだ頃、鉄条網に囲まれた貯水池に着いた。その鉄条網は、この島にもかつてひとが住んでいた、という唯一の物証だった。上陸してから、ほかに人工物を見ていない。

「こんなものはなかったよなあ、賀来」

結城がスポーツバッグから長いカッターを出し、有刺鉄線を切った。幅一メートルほどの通路ができた。

貯水池のほとりまで行くと、京子はちら、とふたりの様子をうかがった。

ふたりの生命を救ったのは、この貯水池だったと言ってもいい。あの日、ふたりはこの池で鯉を釣っていて、村へ帰るのが遅れた。それですれすれ奇禍を逃れた。白い宇宙人が立ち去ったあとの半月、この池の水を飲んで、喉の渇きを癒した。おそらく賀来はそんなことを思い出しているのだろう、少しうるんだ目で池を見ている。

しかし結城は、ここでもいっさい感傷を見せなかった。スポーツバッグを開けると、さっさとウエットスーツに着替え、マスクをつけ、フィンをつけ、酸素ボンベを背負って貯水池に入っていった。

「ひとりで大丈夫か」賀来が声をかけた。

「お前が来ても足手まといだ」

結城の姿が水中に消えた。

京子はあらためてあたりを見回した。このとき実は、見るべきものがあったのだ。貯水池を取り巻いているごつごつした岩の中に、もうひとつ人工物があった。自然の岩そっくりに造られた模造岩で、それがこのとき、人間を感知してある種の信号を発したのだ。

しかし、京子の目には見えなかった。彼女はいつしか夢でも見ているような感覚に捕らわれていた。

島はのどかで、平和だった。ここで化学兵器が開発され、その漏出事故が起きたとはどうしても信じられない。

化学兵器は、一九二五年のジュネーヴ議定書で、とっくに使用が禁止されている。しかし、その開発、生産、貯蔵は禁止項目に入っていなかった。そのため各国で開発が進み、〝貧者の核兵器〟としてひそかに生産されるようになった。これが大きな国際問題となったのは、イラン・イラク戦争や湾岸戦争で、化学兵器が使用されたのではないか、という疑惑が浮上してからだ。

アメリカや日本をはじめとする国際社会は、その疑いのある国を激しく非難した。

一九九三年、こうした国際世論を背景にして、ついに化学兵器禁止条約が署名された。正式名称は、「化学兵器の開発、生産、貯蔵及び使用の禁止並びに廃棄に関する条約」。つまり、化学兵器に関するすべてを禁じ、今あるものは廃棄して、地上から一掃しようという国際間の条約だ。

沖之真船島でMWの漏出事故が起きたのは、その条約が、九七年の発効に向けて整備されている最中だった。

国際社会の先頭に立って化学兵器を非難していたアメリカと日本が、実は、ほんの微量で大量の殺戮《さつりく》を可能にする神経ガスをひそかに開発していた——とわかったら、二国の信用は失墜する。米軍と日本政府は、すべてを隠蔽するため、信じがたい暴挙に出た。

島を焼き払い、六百人の島民全員の虐殺をはかったのだ。

川村記者の調べでは、そこまではわかっていなかった。十六年前に起きたのは山火事ではなかった。おそらく米軍の研究所から、MWと呼ばれる神経ガスが漏出した事故だ。このために多数の島民が死亡した。米軍と日本政府は、その事実を隠蔽するため、村を焼き払い、MWをどこかに隠匿した。革の表紙のついたノートには、その可能性が極めて高い、と指摘してあっただけだ。

まさか白い宇宙人が、逃げ惑う島民を射殺し、バーナーで焼き、全員を虐殺していたとは思いもよらなかった。昨夜、賀来にその話を聞いたときは、本当に身の毛がよだつ思いがした。

　隠蔽工作を指揮した影の首謀者・望月靖男は、それだけでは満足しなかった。本土に出稼ぎに出ていた島の出身者をひとりずつ捕まえ、あめと鞭の方式で、全員に箝口《かんこう》令《れい》を敷いた。反発した者は殺され、承諾した者は金銭と将来の地位を約束された……。

「本当に、そんな事実を明るみに出せると思いますか」賀来が訊いた。

「川村さんのノートとMWがあれば、誰にも否定はできないわ。大丈夫よ。あなたたち、もう脅えなくていい。私が必ずそうするから」

　しかし、賀来は不安そうだった。しきりに何か脅えていた。そういえば、船の中で妙なことを言っていた。人類は皆殺し。それならまだましかも――と。

「さっきあなたが言ったこと、どういう意味？　ときには殺すよりもっとひどい兵器がある。そう言ったでしょ」

　賀来はあえぐような息をして、口を開いた。

「あなたはひとつ間違えています。幼児洗礼を受けていたのは結城の方です。あのとき、首に十字架を下げていたのは僕じゃない。結城だ」

「それが？」

「結城は優しい子供だった。自分のことより、いつもひとのことを優先した。虫一匹殺そうとしなかった。花を踏むのもいやがった。僕なんかてんで問題にならないくらい、気持ちのきれいな、優しい子だった。今、彼を見てどう思いますか。

結城は変わった。あの日、MWを吸ってからだ。僕をかばって、彼は風に乗ってやってきたMWを吸った。致死量ではなかったが、後遺症が残った」

「昨夜も、発作が起きていたわね」

「いや、ちがう。本当の後遺症は、――良心がなくなったことだ」

「どういう意味？」

「今言った通りの意味です。MWが、結城の良心を奪った。彼はもう人間じゃない。人間の形をした闇だ。果てしなく暗い。村越神父が脅えていたのは米軍じゃない、政府でもない、結城なんだ。いいですか。国家が僕たちを脅しているんじゃない。彼が、国家を脅そうとしているんです。MWを手に入れて」

賀来は泣いているような顔で、京子の手を取った。

「お願いだ。結城をとめてください。僕にはとめられない」

水がはねる音がして、結城の顔が水面に浮かび上がった。見まわして賀来を見つけ、マスクを外した。

「見つけた。さっきのカッターを貸せ。早く」

13

MWが見つかったとき、結城は一瞬拍子抜けした。

貯水池はそう深くなかった。元々人工的に造られた池なので、繁茂している水草もたいした量でない。水底《みなそこ》近くを泳いで行くと、鉄の網が張りめぐらされた四角い箱に行き当たった。一辺の長さは二メートル弱。鉄の網に顔を近づけると、ガスボンベのような形状をしたものがおよそ二十本、中に整然と積み重ねてあるのが見えた。

扉を捜した。水ごけにおおわれたプレートが見つかった。水ごけをこすり落とすと、文字がかすかに浮かび上がった。「MW」と読めた。

あまり簡単に見つかったので、ばかばかしいような気にもなった。この十六年、いったい何をしていたのか。

気を取り直し、鉄の網の箱を開けようとした。が、扉は鎖で留められていて、外せない。で、いったん水面に浮かび、さっき鉄条網を切断したカッターを取ってきた。

箱の扉を留めている鎖は、さっきの有刺鉄線よりかなり太い。かなり苦心はしたが、やがて切断することができた。扉が開きかけると、中に積んであるガスボンベが崩れ、動き出した。急いで扉を押さえようとしたが、もう間に合わない。まるで滝からなだれ落ちる丸太のように、ガスボンベは次から次と箱の中から躍り出てきた。

結城はすばやく身をよけて、そのうちの一本をつかんだ。ガスボンベは、長さおよそ六十センチ、直径十センチほど。水ごけをこすり落とすと、やはり「ＭＷ」という文字が浮かび上がった。が、よく見ると、ボンベの底に穴が空いている。中は水だ。

結城は水底に転がったガスボンベを片っ端から手に取った。みんな同じだ。みな底に同じような穴が空いていて、中には水が入っている。

「ＭＷにはある特性があって、水が混入すると、毒性が中和されてしまう」と女記者は言った。

米軍は、おそらくボンベの底に少量の爆薬と起爆装置をつけ、ＭＷをこの池に沈めたのだ。米軍が撤収したあと、ボンベの底に、小さな爆発によって穴が空き、そこから池の水が浸入した……。

だから米軍は、この島をもう見捨て、警備兵さえ配備していなかったのだ。

結城はガスボンベを放り捨てると、呆然と水面に浮上していった。

しかし、結城はまちがっていた。米軍は今も島を見捨ててはいなかった。警備も怠っていなかったのだ。水面に頭を出そうとして、結城ははっと水中に身を沈めた。水面の向こうに、ちょうどレーザー光線を照射したときのような赤い点が見えたのだ。

その一分前、貯水池のほとりに立って様子を見守っていた賀来と京子は、空のどこかに爆音を聞いて、顔を上げた。何かしら不安をかき立てる爆音だった。

その爆音はものすごいスピードで近づいてきた。そして獲物を見つけた鷹《たか》のように、空から一直線にふたりに向かって舞い降りてきた。

アメリカ陸軍の主力攻撃ヘリ、AH-64アパッチだった。ふたりにはただヘリとしかわからなかった。が、そのヘリが、まるで西部の荒野にあがったアパッチの狼煙《のろし》のように、とてつもない殺気をふりまいて接近してきたことははっきりわかった。

ふたりは一瞬顔を見合わせた。そして同時に走り出した。

貯水池を囲んでいる鉄条網を抜け、草ぼうぼうの大地を走り出したとき、ヘリの機銃掃射がはじまった。銃声とともに、大地にぱっ、ぱっと砂煙が立った。

ふた手に分かれたのは反射的な行動だった。ふたりとも、どこかへ向かったわけではない。たまたまそのとき身体が向いていた方向へ、別々に走った。賀来は左手の丘へ。京子は右手の草地へ。

AH-64アパッチが機首下に備えたM230、三十ミリのチェーンガンは、目標がふた手に分かれたのを見ると、まず京子を追った。なぜそちらを先にしたのかはわからない。おそらく理由などなかったろう。どちらが先だろうと結果は同じ、アパッチのパイロットはそう思っていたに相違ないから。

京子の行く手は草地で、ゆるやかな下り坂だった。走りやすい道だった。彼女はチノパンと運動靴という走りやすい格好だった。いつも取材で歩きまわっているので、体力もある。彼女は鞄を放り捨て——中には川村の大事な取材ノートが入っているが、提げていては走れない。あとで拾いに来るしかない——かなりのスピードで走った。二、三百メートル先に岩山がある。あの向こうに飛びこめば、身を隠せる。

しかし、Ｍ２３０の掃射は、苦もなく彼女を捉《とら》えた。ほんの数秒のことだった。

映画の主人公が、戦闘機やヘリの機銃掃射を避けながらえんえんと逃走を続けるシーンがあるが、あれは映画だ。百歩譲って、半世紀前の戦争なら、パイロットが目測で機銃を掃射していた時代なら、あるいはそういうことも可能だったかも知れない。

だがＡＨ‐64アパッチは、機首に目標捕捉・指示照準装置《ＴＡＤ》を備えていた。パイロットが、自分の目で見つけた目標をいったんＴＡＤに捕捉《ほそく》させれば、その後ＴＡＤは自動で目標を追尾する。機首下に装備されたＭ２３０の砲身は、上に十一度、下に六十度、左右はそれぞれ百度まで旋回可能で、盲点はきわめて少ない。

京子を追ったアパッチの三十ミリのチェーンガンは、あっという間に十四発の銃弾を浴びせ、彼女を血まみれの死体にしてなぎ倒した。そして悠々と方向転換をし、もうひとつの標的に向かった。

賀来の行く手は岩だらけの荒地で、上り坂の丘だった。黒の神父服とローマンカラーのワイシャツは、走りやすい格好ではなかった。どちらもマイナス要因でしかなかった。

だが結果的に、これがほんの少しだが、賀来の逃走を助けることになった。まわりの岩が盾になって、二度三度、掃射された銃弾から彼の身を守ったのだ。そしてその間に、アパッチのパイロットが賀来の神父服に気づいた。

パイロットはカトリックの信徒だった。洗礼も受けていて、洗礼名をマキシミリアノ・マリア・コルベ。〝アウシュヴィッツの聖者〟と呼ばれるポーランドの、あの伝説的な聖人にあやかった名前だった。

これまでパイロットにとって、カトリックの信徒であることは、アメリカ陸軍の任務遂行に何の支障も来たさなかった。敵兵を殺戮することは、「汝《なんじ》、殺すなかれ」というカトリックの教えに反するものではない。なぜなら〝戦場は別物〟だから。少なくとも彼はそう信じていたから。

しかし、今捕捉した標的は、敵ではなかった。敵かも知れないが、同時に、自分が信仰するカトリックの聖職者だった。パイロットは一瞬、機銃の掃射をやめた。

こうして賀来は、岩だらけの荒野を、よろめきながら走り続けた。

しかし、長くはなかった。本来の任務を思い出したパイロットは、再び標的に向けて機銃の掃射をはじめた。そのとき賀来は丘を越え、海から島内に切れこんでいる崖《がけ》に行き詰まったところだった。振り向くと、その足下に銃弾が襲いかかった。賀来は山側に身を転じ、また走り出そうとした。が、それより早く、銃弾が足下の岩場を崩した。賀来の身体は一瞬宙に浮き、それから深い崖に吸いこまれていった。

AH-64アパッチはゆっくりと島を周回し、ほかに上陸した者がいないか捜索した。おしまいに、北の入り江の突堤にロケット弾を落とし、そこに係留してあったボルボのクルーザーを炎上させて、悠然と引き上げていった。

その爆音が空の彼方《かなた》に消えてから二分後、貯水池の水面に、結城の顔が浮き上がった。マスクを取り、あたりを慎重に眺めまわし、岸に上がった。

島にはもう来たときと同じ静寂が立ちこめていた。

結城は着替えをすると、貯水池を囲む鉄条網の間を抜けて、草ぼうぼうの大地に出た。血まみれの姿で草地に倒れている女記者の姿が目に入った。が、一顧だにしなかった。目をとめたのは、彼女が逃げるときに放り捨てていった鞄だ。近くへ行って、拾い上げ、中身を下にぶちまけた。システム手帳や筆記具や化粧道具に混じって、革の表紙のついたノートがあった。

結城は革の表紙のノートを開き、その場で少し走り読みし、自分のスポーツバッグに収めた。ほかの物もざっと見たが、興味を示さないで放り捨てた。

二十分後、結城はスポーツバッグを提げ、北の入り江に戻ってきた。だが、突堤にクルーザーはない。係留してあったところまで行って、海底に目を凝らした。

海は静かで、澄み切っていた。海草とたわむれる魚の姿を見ることもできた。そしてボルボのクルーザーが、燃え残った残骸となって海底に沈んでいる姿も見えた。

結城はスポーツバッグを足下に落とした。

そしてきらめく海の果てに目を投げた。


沢木は仕方なくドアをノックした。

衆議院の議員会館にやってきたのははじめてだ。外務大臣に呼ばれたのもはじめてだ。政治家とお近づきになりたい、などと思ったことは一度もない。だが、刑事部長が行け、という。ノンキャリの警部補にとって、刑事部長の命令は天の声みたいなものだ。

天の声にも、ときどき変な声がある。

昔、そんなことを言った政治家がいたな。誰だっけ。確か総理大臣のいすから蹴落とされた男だった。

望月靖男の議員事務室のドアをノックしたとき、沢木は苦虫を噛んだような顔つきだった。

「どうもどうも。ご足労をかけました。沢木さんですね。どうぞ。秘書の松尾です。どうぞこちらへ」

ごま塩の頭をした五十男が、やたら愛想よく迎え入れた。

「岡崎事件の報告を受けております。その後、捜査の方はいかがです。進展はありますか」

「残念ながら、まだご報告できるような進展は」

「大臣が、実はあの事件にいたく心を痛めております。ご存じでしょうが、亡くなった岡崎さんは、うちの後援会の理事をなさっていた方です。それにタイ政府と、外交上、微妙な問題も含んでおります。一刻も早い事件の解決を願っているのですが」

「全力を尽くしております」

「大臣がお待ちです。捜査の今後の見通しなど、少しお話しいただけますか」

議員事務室は、秘書のデスクが置かれた前室と奥の議員室とふたつに分かれ、間に仕切りのドアがついている。松尾が仕切りのドアをノックして、開けた。

「望月です。どうぞ、刑事さん。おかけになってください」

沢木が議員室へ顔を出すと、望月大臣がそう言いながら立ち上がった。


結城は革の表紙のノートを読み終えると、海の彼方に目をやった。

岩穴は西向きで、日暮れになると、夕陽が真っ赤に燃えて海に落ちていく光景を見ることができる。だが太陽は、まだやっと傾きかけたところだ。色も変わっていない。

やがて岩穴の奥の方で、誰かが水から上がる音がした。それが水に濡れた靴音を立てて近づいてきた。

「遅かったじゃないか」

結城は海の方を見たまま、後ろに声を放った。

「結城！」

明らかに驚いた声だ。振り向くと、賀来がびしょ濡れの神父服を着て立っていた。

「見つかったよ、永遠が。確かそんな詩があったよな。昔読んだような気がする。なんだっけ」

「結城、こんなところで何してる」

「待ってたんだ。もし生きていれば、必ずお前はここへやってくる。だろ」

賀来はそばまで歩いてくると、力が抜けたような表情で、あたりに首をめぐらせた。

その岩穴は、島の西側の断崖《だんがい》にあり、海に向かって直径一メートルほどの口を開けていた。海面からの高さはおよそ三十メートル。海から見ると、岩が海流によってほんの少しうがたれたようにしか見えない。しかしその実、奥行きがあった。奥には断崖があり、下に海水が流れ、その流れは島の内陸部につながっていた。干潮になると、そこが道になって、村の裏山にある洞穴へ自由に行き来することができた。

長年島に住んでいる島民でも、この岩穴を知っていた者は多くなかったろう。いたずら盛りの子供が冒険心で、たまたま見つけた岩穴だった。

小学生の結城と賀来にとって、ここはいちばんの遊び場だった。だから、ほかの誰にも教えなかった。

十六年前のあの日も、ふたりは気象観測小屋を抜け出すと、この岩穴に向かった。そして白い宇宙人が生き残りを捜して島中を行き来している間、ここで身を隠し続けた。もしこの岩穴がなければ、おそらくふたりも発見されて、バーナーで焼かれていただろう。

　白い宇宙人が立ち去ってからも、この岩穴が彼らの住まいになった。昼間はずっとここに身を潜め、あの半月を生き延びた……。

「外に出て、服を乾かせ。風邪を引く」

　結城はスポーツバッグを開け、乾いたタオルと下着を放ってきた。賀来は岩穴の外に出て、服を脱いだ。身体を拭き、結城がくれた下着をつけ、神父服を陽に当てた。

「MWは手に入れたのか」

「駄目だ。米軍がとっくに廃棄していた」

「じゃ、ここまでか」

「心配するな。まだサンプルが残っている。見つけたよ」

　振り向くと、結城は革の表紙のついたノートを持ち上げて見せた。

「川村が残したノートだ。ここにはっきり書いてある。MWのサンプルが何本か、米海軍の東京基地にあるそうだ」

「新聞記者の取材メモなんか、あてになるものか」

「だが、この記者は優秀だよ。島のことも、MWのことも、望月がやった隠蔽工作のことも、実によく調べてある。さっきの貯水池にも、実際にMWが沈められていた。

たぶんこの記者のメモは信用できる。こんなに優秀な記者だったら生かしておいて、もっと利用すればよかった」

「生かしておいて!?」

「今更驚くことはないだろ。川村は事故で死んだんじゃない。俺が車のブレーキに細工したんだ。たまたま新聞社に会いに行ったら、これから高速に乗って取材に出るって言うからさ。お茶を飲んでる隙に、こっそりボンネットを開けて、ブレーキラインに空気をかませておいた」

「なんだってそんなことを」

「うざかったろ、あの男。俺たちを捕まえちゃあ、島のことを根掘り葉掘り訊いて」

「ひょっとしてお前、村越神父も——?」

「仕方ないだろ。俺が川村を殺《や》ったことに気がついてさ、毎晩説教に来るんだもの。もういやんなっちゃって。——そんなことぐらい、お前も気がついていたろ」

賀来は顔を背け、懸命に呼吸を鎮めた。気がついてはいなかった。知らなかった、というのは嘘ではない。だが、事実とも言えなかった。

川村記者が交通事故で亡くなった、村越神父が石段から落ちて亡くなった——そう聞いたとき、一瞬、結城を疑った。心のどこかで、そうにちがいない、という気もした。しかし、結城を問い詰めることはしなかった。問い詰めて、事実を知るのが怖かった。だから気がつかないふりをした。俺はもともとそういう卑怯《ひきょう》な男なのだ。

「そういえば教会の養護施設の子供たちさ、今度また米軍の東京基地へ慰問に行くと言ってなかったか。米海軍のフレンドシップデーに、キリスト生誕の夜をお芝居にして見せてやるって。あれ、いつだっけ」

「今度の日曜」

結城ははっとした顔で腕時計を見た。

「明日じゃないか。まいったな。ぜんぜん時間が――なんとかするしかないな。賀来、あの慰問団の中に俺も入れてくれ。一緒に行く」

「一緒に行って、どうする」

「決まってんだろ。今更ひとりでいい子ぶるなよ」

「事態がわかっていないみたいだな。やつら、俺たちの船を沈めていったぞ。結城、どうやってこの島を出るんだ」

「船を沈めていった!?」

「入り江の船着場に行かなかったのか。船はない。俺たちはこの島に閉じこめられた。十六年前のあのときと同じさ」

結城は急にうつむいて、顔をおおって泣き出した。

「ここは絶海の孤島だ。俺たちがこんなところにいるなんて、誰も知ってはいない。助けは来ない。もう村越神父もいないんだ。どうする、結城。今度は魚を釣る釣り竿もない。魚を突く銛も――」

そこで賀来は言葉をとめた。泣いている結城の声がおかしい。よくよく聞いてみると、泣き声ではない。笑い声だ。

「結城！」

結城は顔を上げて笑い出した。くそ、まただまされた。

「いくつになっても、お前はひとりではサバイバルできない男だな、賀来。あのときも、お前は毎晩顔をおおって泣いていた。怖いよう、暗いよう、助けてよう」

「うるさい。船もないのに、どうしてそんなに落ち着いてる」

「世の中便利になってるのさ。もう十六年前じゃない」

結城は上着のポケットに手を入れて、取り出したものを見せた。携帯だ。

「それで救助を頼んだのか」

「お前も信徒のおばさんたちに頼んで、携帯ぐらい買ってもらえ。ないと二十一世紀はサバイバルできないぜ」

「誰に救助を頼んだ」

「今にわかるさ。お楽しみ」

結城は携帯をしまうと、ゆったりと床に身体を伸ばした。岩穴は、天井も横も岩石だが、床には土が堆積《たいせき》していて弾力がある。横になっても痛くはない。

「今のうちに少し眠っておこう。東京に帰ったらまた忙しくなる」

14

賀来はふっと目を開いた。

岩穴から見える海は明るい。まだ陽は落ちていない。だからそんなに長い時間眠っていたわけではないだろう。結城の声で、目が覚めた。賀来は背中を向けたまま、動かないで、耳をすませた。

「そりゃ嬉しいよ。美香ちゃんが俺の分まで作ってくれるんだろ。サンドイッチの中身は何だい。……はは。ま、いっか。それじゃあ美香ちゃん、明日の日曜、午前十時。それまでには必ず養護施設に行くから。子供たちによろしく」

結城の声が消えて数秒後、賀来はゆっくり身を起こした。神父服は外に干してある。下着しか着ていない。だがいつの間にか、肩に結城の上着がかけてあった。

「お目覚めかい、神父さん」

「美香ちゃんに何をさせる気だ」

「聞いていたのか」

振り向くと、結城は薄く笑った。

「施設の子供たちを巻きこむのはよせ」

「巻きこみはしない。米海軍のフレンドシップデーの慰問バスに一緒に乗せてもらうだけさ。基地に入るまでの話だ」

賀来は肩から落ちかかった上着を手に取った。十六年前もそうだ。こうやってあいつはMWを吸った。俺のために。

「なあ結城、もうやめよう。川村さんの取材ノートを、コピーして、報道機関にばらまけばいいじゃないか。マスコミが事実を暴いてくれるよ。MWの隠蔽工作も明るみに出る」

「こんなものをばらまいたって、誰も信用しない。牧野京子が言ったろう。れっきとした証拠、MWを手に入れて公開するしかない」

そうだ東京中央新聞の女記者も「この話を記事にするにはひとつしか方法がない。MWを発見すること」そう言って、ふたりをこの島に連れてきた。

「どれだけ犠牲が出ると思う?」

「神父の説教はたくさんだ。俺はとっくに棄教した。もう信徒じゃない」

「聞け結城――」

結城はしっ、というように手を上げて、遠くの方に耳をすませた。まもなく賀来にも聞こえてきた。空の彼方から爆音が近づいてくる。

「やっと来たな、ばか娘」

結城は立ち上がって岩穴の外に出た。海には黄昏のベールがかかり、北の空に浮かんだ雲が紫とピンクに染まっている。その雲の向こうから、爆音を立ててやってくるヘリがかすかに見える。

「誰のことだ。ばか娘?」

「望月加奈子。望月大臣の愛娘《まなむすめ》さ」

賀来があっけにとられた顔を見て、結城は薄く笑った。

「おもしろいだろ。目の中に入れても痛くない愛娘が、男に抱かれたくて、絶海の孤島までヘリを飛ばしていった。しかも相手の男は、自分をつけ狙う仇敵《きゆうてき》だった――なんて望月が知ったらさ」

　口ぶりはいかにも得意げだった。が、言ってから、結城の横顔に淋《さび》しい影が落ちた。

「なあ賀来、なんで女ってのは、みんな俺に夢中になるんだろうな。岡崎愛子もそうだった。裸にして、ひっぱたいてやるだけで、みんな地獄の底まで落ちてくる。俺は女なんか抱いたって、おもしろくも何ともないのに」

　それも俺のせいか。そう言いかけ、賀来は危うく口をつぐんだ。そして別のことを言った。

「あのヘリには、俺も乗れるのか」

「もちろん」

「結城。東京へ帰ったら、俺は自首する」

「なんだと」

「俺はおりる。お前にはついていけない」

　賀来は岩穴の入り口に近いところに坐っていた。結城はさっと近づき、賀来の頬を張り飛ばした。賀来はすぐに起き上がった。

「俺は自首して、警察に話す。これまで俺たちがやってきたこと、これからお前がやろうとしていること、すべて。そう言ったら、どうする。俺も殺すか」

結城はまた賀来の頬を張り飛ばした。賀来はすぐに起き上がった。結城は拳《こぶし》を握り、賀来の顔を殴った。賀来はすぐに起き上がった。

「俺たちの十六年を忘れたのか」

「結城、俺と一緒に死のう」

賀来は腰をあげて飛びかかった。結城の身体にしがみつき、そのままふたりで海に身を投げようとしたのだ。

しかし、結城は素早かった。賀来の意図を察し、さっと横に飛んで身をかわした。賀来の両手は空をつかみ、その勢いで岩穴の縁《ふち》から海に落下していった。

結城はしばらくしてから立ち上がり、岩穴の外へ覗きに行った。賀来の身体は海中に呑まれ、もう見えない。

ヘリの爆音はその間にもずいぶん大きくなっていた。ローターを廻《まわ》している銀色の機体がはっきり見える。

「玩具《おもちゃ》を海に落としたよ」

結城は低く呟き、スポーツバッグを持ち上げた。

日が落ちてから二十分、多摩川沿いの緑地の一角はタイガーテープで囲われ、野次馬の群れを遮断していた。車を降りると、沢木は野次馬をかき分け、警備の巡査に警察手帳を見せながらタイガーテープをくぐった。

捜査員と鑑識課員がすでに詰めかけ、現場検証に動いていた。

「こっちです。沢木さん」

同じ捜査一課三係の刑事が、緑地の隅に乗り捨ててある車のところへ沢木を連れていった。白のフォルクスワーゲン・ゴルフだ。トランクが開いていて、その中に何かある。

沢木が腰をかがめると、ひとりの捜査員がトランクの中にフラッシュライトをさしかけた。

沢木はかっ、と目を見開き、奥歯を噛んだ。そうしないと大声で叫びだしそうだった。

「発見されたのは、今からおよそ二時間前です。多摩川の土手を散歩していた大学生のふたり連れが、車から異臭がするのに気づいて、一一〇番通報をしたんです」

捜査員が小声で説明した。

「死因は」

「喉を、切られてます。ナイフか何か、鋭利な刃物でやられたようです」

「死亡時刻は」

「詳しくは解剖待ちですが。検視官の話だと、死後二十時間から三十時間」

「この車の持ち主は」

「あいつですよ。ＬＡ新世紀銀行の次長、結城美智雄。ですが結城は、昨日、この車の盗難届けを出しています」

「結城はどこにいる」

「今現在、行方がわかりません。ＬＡ新世紀銀行の社員は、土曜の今日も、横領事件の処理で臨時出勤しているんですが、結城は出ていません」

「無断欠勤したのか」

「いえ。昨夜辞表を提出したそうです。銀行側はまだ受理してませんが」

「辞表？　なんで」

「横領で指名手配されて、昨日、品川のビルから転落死した山下本部長、あれが結城の直接の上司だったらしいんですよ。目の前にいながら、横領を未然に防げなかった責任を取りたい、というのが理由だそうです」

「あの野郎……」

沢木は車のトランクの中に手を伸ばした。フラッシュライトに照らされ、橘の顔は真っ白だった。血の気がみじんも感じられない。

その顔に、沢木はそっと手で触れた。


なぜ生きているのだろう。

目が覚めて、真っ先に賀来はそう思った。岩穴から落ちて海面に叩きつけられたとき、賀来はその衝撃で半ば意識を失った。半分残った意識も、最早抵抗しようとはしなかった。そのまま海中に身を任せ、泳ぎもしなかった。もういい、と思っていた。

何度か海水を飲んだ。息が苦しくなって、そのたびに飲んだ。

しかし、それも長くはなかった。自ら望んだ通り、ほどなく意識が途切れた。これで死ぬ。意識がなくなる寸前、自分でそう思ったことを覚えている。そのとき俺は、神に祈っただろうか。それがはっきりしない。

気がつくと、浜の波打ち際に打ち上げられていた。額のあたりがぬるぬるする。手をやると、赤黒い血がついていた。

顔をあげ、見まわして、場所がわかった。船着場のある北の入り江だ。両手を使い、海水の来ないところまで這い上がり、仰向けになった。

いつしか夜になっていた。もう何時だろう。空には降るような星だった。

島の匂《にお》いのする空気を、賀来は胸いっぱいに吸いこんだ。すると無力感が身体中に広がった。なぜ生きているのかわからない。

たぶんあの日、俺は島のみんなと一緒に死ぬべきだったのだ。結城とちがって、俺には生き延びるための知恵はない。力もない。結城がいなければ、まちがいなくあのとき死んでいた。その方がきっとよかったのだ。ひとり生き残っても、何ひとつ、俺にはこの世ですることはない。

突然、目頭が熱くなった。しばらくすると、生温《なまぬる》いものが頬を伝いだした。涙と海水は同じ味がする。そう思ったとき、いきなりくしゃみが飛び出した。濡れた下着で夜風に吹かれ、すっかり身体が冷えていた。

賀来は思わず笑い出した。人間は、精神なんかより肉体の方がはるかに素直に生きている。

起きあがって、浜を歩いた。灯りはひとつもないが、月が出ていた。星は満天だった。月と星に照らされた島を三十分歩き、さっきの岩穴に戻った。干しておいた神父服も下着も乾いていた。着替えをすると、岩穴を出て、今度は貯水池へ向かった。

この世でひとつ、もうひとつ、賀来にはやることが残っていた。それを思い出したのだ。

東京中央新聞の女記者は、遺体となって草地の中に倒れていた。それは月明かりに白々と浮かび、遠くからでもよく見えた。そばまで行くと、賀来は大地にひざまずき、彼女のために長い祈りを捧げた。

見まわすと、彼女の鞄はだいぶ離れたところに落ちていた。中身がそのまわりに散らばっている。先にそっちを見に行った。しかし、ない。もう一度遺体のそばに戻り、

「失礼します」

と声をかけ、彼女の上着を探った。携帯が出てきた。

「お借りします」

だが、携帯など使ったことはない。みんながときどきやっているところを思い出して、フラップを開けた。小さな液晶画面に時刻が出ていた。夜の九時二十五分だった。その画面の下に、受話器が外れている電話の絵と、かかっている絵のついたボタンがある。

外れている方のボタンを押した。電話の受話器をあげたときと同じような音がした。海辺の教会の電話番号をダイヤルした。やがてつながり、呼び出し音が鳴り出した。

しかし、美香は出ない。誰も出ない。教会の電話機は、隣の司祭館に置いてある。教会の中にいると呼び出し音は聞こえるが、養護施設に入ってしまうと、聞こえない。

呼び出し音を二十回聞いて、諦めた。

九時二十七分だ。美香はもう養護施設に戻り、子供たちを寝かせ、明日の慰問のための準備をしているにちがいない。

賀来はもう一度発信ボタンを押し、一一〇にかけた。今度はすぐに相手が出た。

「こちら一一〇番です。どうされました」

「賀来といいます。バンコクで起きた誘拐事件について、重要な情報があります。警視庁捜査一課の沢木さんに、電話をつないでいただけないでしょうか」

「沢木ですね。ただいま連絡を取っています。お名前をもう一度お願いします」

「賀来裕太郎です。年賀状の『賀』に『来』ると書きます。沢木さんはご存じです」

「今どちらからおかけですか」

「沖之真船島です」

「お待ちください——伊豆諸島の沖之真船島ですか。無人の島です。住民は誰もいないはずですが」

「その島にいます。そのわけもお話しします。沢木さんにつないでいただけないでしょうか」

「今、連絡を取っています。誘拐事件に関する情報を、話していただけませんか」

「誘拐犯を知ってます。その犯人が、また明日、重大な犯罪を犯そうとしています。とめてください」

「詳しい話をお聞かせください」

「沢木さんに、直接お話しします。まだ電話つながりませんか」

「捜しています。こちらでお話をうかがいます」

「ではまたあとでかけます」

「沢木がつかまり次第、こちらからかけさせます。よろしいですか」

「この携帯、ひとのを借りたんです。番号がわかりません」

「大丈夫です。こちらでわかります」

賀来は携帯を切り、神父服のポケットに入れた。そしてもう一度、牧野京子の遺体の前で、大地にひざまずいて祈った。そのときにはもうはっきりと思い出していた。さっき岩穴から海に落ち、意識を失くす寸前、自分が必死になって神に祈っていたことを。

死に行く自分のためではなかった。この世にひとり残される結城美智雄のために、祈ったのだ。

沢木は「あん？」と顔をあげた。気のせいか。いや、そうではない。後ろから、今、誰かにとん、と肩を叩かれた。

「やめろ。眠い」

沢木はカウンターに突っ伏して、目をつむった。中野の駅から徒歩三分、年寄り夫婦がやっている安酒場だ。生ビールのジョッキをひとつ空けて、そのあと焼酎《しょうちゅう》の水割りを四杯、五杯――いや、もっとか。ぜんぜん酔わないままグラスを重ね、ある瞬間、がくっとカウンターに顔をつけて眠りこんだ。

おやじは少し困ったが、お馴染《なじ》みさんだし、今夜は客も多くない。で、放っておくと、ほかの客はどんどん帰り、とうとう閉店時間を過ぎてしまった。そろそろ起こそうとしたとき、幸い沢木の連れだという男がやってきた。

「沢木さん」

「何だ、うるさい。眠いんだ」

しかし、また肩を叩かれた。沢木は仕方なく顔をあげ、斜め後ろに向かって酔眼を見開いた。焦点が合わない。

「誰だ、お前」

「神保です」

沢木は目をこすった。よくよく見ると、確かにキャリアの若い警部補だ。

「また何かお小言ですか、キャリア殿。そりゃ今日は酔っ払ってますよ。部下がぴゅっと喉を切られてね。まったく俺は何をやっているんだか。いいですよ。キャリア殿に大目玉食っても仕方ない。何ですか」

神保は横に立ったまま、小さな機器を沢木の前に置いた。ロングサイズの煙草のパッケージみたいな機器で、中にマイクロカセットが入っている。神保は再生ボタンを押した。

「こちら一一〇番です。どうされました」

「賀来といいます。バンコクで起きた誘拐事件について、重要な情報があります。警視庁捜査一課の沢木さんに、電話をつないでいただけないでしょうか」

沢木はばしっ、と自分の頬を張った。そして顔をしかめ、マイクロカセットから流れる音声に聞き入った。

「沢木がつかまり次第、こちらからかけさせます。よろしいですか」

「この携帯、ひとのを借りたんです。番号がわかりません」

「大丈夫です。こちらでわかります」

神保はそこで停止ボタンを押した。そして紙切れを一枚、沢木の前に置いた。09

0ではじまる携帯の番号がひとつ書いてあった。沢木は上着を探った。しかし、携帯が入っていない。横から神保の手が伸びて、沢木の携帯をそっとカウンターに載せた。

「沢木さんのデスクに、忘れてありました」

そういえば昨夜、多摩川沿いの緑地から引き上げたあと、くそっ、と何もかも放り出して飲みに出たのだ。

沢木は自分の携帯を取り、紙切れに書いてある番号に発信した。電源が入っていないか圏外、という例のアナウンスが聞こえた。いったん切って、またかけた。同じだった。

「つながらねえ」

「昨夜二二四〇時から、その状態です。おそらく先方の携帯の電池切れと思われます」

「昨夜の何時からこの状態だって!?」

「一一〇番通報が入ったのは、昨夜二一二七時でした」

沢木は腕時計を見た。日付はとっくに変わって、午前五時三十五分だ。

「なんでもっと早く知らせない」

「捜したんですよ、ひと晩。携帯が駄目なんで、沢木さんがいそうなところをひとに聞いて。ここ、八軒目です」

「おやじ、おしぼりもらっていいか」

店のおやじがやってきて、湯気の立つのをカウンター越しに差し出した。沢木はそれで入念に顔を拭いた。

「沖之真船島へ行くにはどうすればいい」

「羽田から八丈島まで飛行機が出ています。そこで船をチャーターするのがいちばん速いでしょう。一般的には、ということですが」

「一般的じゃない方法は？」

「東京ヘリポートから、沖之真船島へ、警視庁ヘリを直接飛ばすことです」

沢木は溜め息をついた。「警視庁ヘリを飛ばすには、書類を山ほど書いて、お偉方の判こがいっぱいいるんだろうな」

「書類は三枚でいいんですが、それぞれに、上の判こが七つ要ります」

「判こをもらうのに、どれくらい時間がかかる。もらえるとしての話だが」

「二、三日はかかるでしょうね。通常は」

「通常じゃないときは」

神保は上着の内ポケットから三枚の書類を取り出し、沢木の前に置いた。

「判こを六つ取りました。あとひとつ、警視総監の判こを捺《お》せば、ヘリは飛べます」

沢木は三枚の書類をにらみつけ、ちらっ、と神保の顔を見た。

「東京ヘリポートには連絡済みです。警視庁航空隊のおおとり二号が、現在、沢木さんとその書類を待っているそうです」

「おやじ、勘定を頼む。いいや、お釣りは」

沢木は一万円札を放り出し、三枚の書類をつかんだ。もう電車走ってるよな。始発、出たろ。言いながら店を飛び出そうとした。

「車があります。店の前。運転手が乗ってるやつです」

神保が叫んだ。沢木は店の扉を開けたところでとまり、振り向いた。

「おいキャリア、出世しろよ」

「奮励努力します」

キャリアの若い刑事は直立不動の姿勢を取り、さっと敬礼を送った。

15

賀来は爆音を聞いて立ち上がった。真っ青な空の一角に、何か小さなものが光った。

ヘリのようだ。こっちへ向かって飛んでくる。とっさに賀来は、岩山の陰に身を隠した。

昨夜、一一〇番通報を受けた係官は、こちらから沢木に電話をかけさせると言った。しかし、携帯は鳴らなかった。一時間ほどして、もう一度発信しようとしたら、うんともすんとも言わない。

なぜ急に壊れたのか。携帯を持ったことのない賀来には、すぐにはわからなかった。が、そういえば、携帯を「充電」するという言葉を聞いたことがある。電池切れだ。

やむなく岩穴に戻り、明るくなるまで眠った。昨日の昼、クルーザーの中で弁当を食べたきりだ。が、空腹感はない。胃がきゅっと縮み、石ころみたいになっている感じがする。貯水池の水を飲み、これからどうするべきか考えた。頭の中にはいろんな考えが飛来した。が、やったことは、結局ひとつだけだった。今はそれしかできなかった。

岩山に隠れたのは、米軍のヘリかも知れないと思ったからだ。警察とは連絡が取れていないし、救助がやってくるとも思えない。

ヘリは島の上空へ到達すると、ゆっくりと旋回をはじめた。

昨日の米軍ヘリとは音がちがった。機体の形もぜんぜんちがう。米軍ヘリは怒り狂った雀蜂《すずめばち》みたいに飛んできたが、今度のヘリはのんびりした風情に見える。まるで蝶々《ちょうちょう》が花の蜜《みつ》でも集めにきたみたいだ。

賀来はヘリの機体に目を凝らした。上半分が青く塗られ、縦に一本、赤い線が入っている。機銃のようなものは装備していない。

それを確かめ、草地に出た。そしてさっき作った白旗を、上空のヘリに向かって振った。木の枝の先に乾いた下着をくくりつけた即席の白旗だ。丘の上から、沖を行く船に振ろうと思って作った旗だ。結局そんなことしかできなかった。が、それが役に立った。ヘリが気づき、降りてきた。

賀来はヘリのローターの風を避け、着陸地点から少し離れたところにしゃがんだ。着陸したヘリは、想像していたよりもうんと大きかった。まだローターが廻っているうちに扉が開き、男がひとり、頭を下げて走ってきた。海辺の教会へやってきた沢木という刑事だ。

「警視総監がけちな野郎でね、予算けちって、なかなか判こを捺さないんですよ」

そばへ来ると、沢木はヘリの爆音に負けまいと大声を出した。

「遅くなって申し訳ない。けがしてますね、賀来さん。大丈夫ですか。だいぶけががひどいようだが」

「そんなことより、刑事さん——」

「とにかく東京へ帰りましょう。話はヘリの中で聞きます」

「貯水池のそばに、東京中央新聞の牧野京子というひとの遺体があります」

「遺体?」

「昨日、米軍のヘリに撃たれました」

「わかった。遺体の収容は別途手配する。とにかくヘリへ」

「今何時ですか。誘拐犯が、また今犯罪を企んでいます。とめないと」

沢木は腕時計を見た。「十時五分だが」

「まだ間に合う。携帯、お持ちですよね。貸してもらえませんか」

「どこへかけるんですか」

「山の手教会です。子供たちが米軍東京基地に慰問に出かけようとしています。とめないと、怖ろしいことが起きる」

沢木はその表情を吟味した。この神父が犯罪に加担している可能性は、否定できない。バンコクの誘拐事件で電話の逆探知をしたとき、犯人が身代金を要求する電話は、東京エリアからかかってきた。ひょっとしてあの電話は、この神父が山の手教会からかけたのではないか。

携帯を貸すと、また何かしら犯人を利する連絡をするかもしれない。

「私が電話をしましょう。誰に、何を伝えればいいですか」

電話が鳴り出したような気がして、美香は司祭館の方へ顔を向けた。

「ちょっとみんな静かにして」

子供たちはみな知らん顔で騒いでいる。だが、聞こえる。司祭館の中で電話が鳴っている。

米海軍の東京基地へ慰問に行くマイクロバスは、午前十時きっかりに、山の手教会の前についた。養護施設の子供たちは三十分も前から待ち構えていて、歓声をあげた。基地へ慰問に行くと、帰りにアメリカの兵隊さんがお土産をどっさりくれる。子供たちにとっては、月に一度、最高に楽しい日なのだ。

美香は子供たちを指図して、お芝居に使うセットや衣装をマイクロバスに積み出した。が、中には、手伝っているのか邪魔をしているのかわからない子もいる。荷物は多くないのだが、そんなわけで作業ははかどらない。そのうちに電話が鳴り出したのだ。

「きっと賀来神父よ」

美香は司祭館の方に駈けだそうとした。

「美香ちゃん、いいよ、俺が出る。この子、洟垂らしてるからさあ、何とかしてよ、俺こういうの駄目なんだ」

結城はわんぱく坊主を押しつけて、美香の替わりに司祭館に走った。

賀来は沖之真船島の海に落ちた。おそらく生きてはいない。が、一抹の不安が、ないでもなかった。望月加奈子のヘリで島を離れてから、気がついたことがある。東京中央新聞の女記者が持っていた携帯だ。鞄の中身はみんな見たが、携帯はなかった。たぶん身につけていたのだ。もしも賀来が生きていて、彼女の携帯を見つけたら……。

「もしもし。山の手教会です」

結城は司祭館の中に入って、受話器をあげた。

「警視庁の沢木といいます。そちらの養護施設にいる渡辺美香さんを呼んでいただけないでしょうか」

「美香さん、ちょっと今手が放せないんですが」

「緊急の用件です」

「私、養護施設の者です。よろしければ私がうかがって、すぐ美香さんにお伝えします。どのようなご用件でしょう」

「今日そちらの子供さんたちが、米軍の東京基地へ慰問に行くということですが」

「はい。まもなく出るところです」

「中止してください。賀来神父の伝言です。事情はのちほど賀来神父がお話しするそうです。とにかく慰問は中止するように。子供たちは養護施設から出さないでください。いいですか。これは大事なことです。美香さんにそのようにお伝えください」

「承知しました。ご安心ください。必ず伝えます」

結城は電話を切って、司祭館を出た。沢木刑事が嗅《か》ぎつけた。そんなことはあり得ない。賀来が訴えでもしない限り。とすると、賀来は生きていたのか。

「結城さん、電話、何でした？」

マイクロバスのところへ戻ると、美香がひとりだけ外で待っていた。荷物は全部積み終わり、子供たちもみなバスに乗っている。

「賀来だよ。昨日、教区の司教に呼ばれてさ、まだ慈善活動が終わらなくて、帰れないそうだ。美香ちゃんに、子供たちをよろしく頼むって」

「私に？」

「あいつ、俺より、美香ちゃんの方を頼りにしてるらしいよ。大きな声じゃ言えないけどさ、俺はにせ神父だろ」

賀来の神父服を着た結城は、にっと笑ってマイクロバスに乗りこんだ。

「じゃ、みんな行こうか」

養護施設の子供たちが全部で十八人、いっせいに「わーっ」と歓声をあげた。

沢木は紙コップのコーヒーをひと口飲んで、手帳をポケットから取り出した。

午後二時十分、東京警察病院の待合室だ。本庁の調べ室に連れていく前に、賀来を救急外来に診せにきた。共犯の容疑は明らかだが、けがの治療は優先させないと、あとあと面倒なことになる。

待合室には大きな黄色い風船のような陽だまりができていた。ひとの好《よ》さそうな老婦人がひとり、その陽だまりのど真ん中でうつらうつらしている。それをちら、と見て、手帳をにらんだ。

東京へ戻るヘリの中で、賀来に聞いたことがメモしてある。時速二百五十キロで飛ぶヘリの中で書いたので、ただでさえ乱暴な文字がめちゃくちゃだ。本人にも読めない文字があちこちにある。一字一字、苦労しながら読み返した。

その価値のあるメモだった。賀来の話は恐るべき内容を含んでいた。

もしこれがそっくり公表されるようなことになれば、おそらく今の民自党政府は転覆する。駐日米軍のあり方も大いなる論議を呼ぶだろう。これは活字でできた爆弾だ。

問題は、ここに書かれたことが事実だと証明する物的証拠が、ほとんどないことだ。単に公表したのでは、おそらく誰も取り上げはしない。よくある〝怪文書〟のひとつとして、あっという間に消し去られる。

「この話を記事にするにはひとつしか方法がない。MWを発見すること」

東京中央新聞の女性記者はそう言ったという。確かにそれ以外、世間にこの事実を暴く方法はないかもしれない。そのために結城は、米軍の東京基地に侵入して、MWを強奪しようとしている。

しかし、そんなことを許すわけにはいかない。

「どうも。お世話をかけました」

見上げると、頭に包帯を巻いた賀来が斜め前に立っていた。

「どうだい、けがの具合は」

「たいしたことはないそうです。帰っていいと言われました」

沢木は残っていたコーヒーを飲み干し、紙コップを捨てに行った。

「ところで保険証ってのはあるのかな、神父さんは」

「ありますよ、国民健康保険が。教会の信徒のみなさんが、保険料を払ってくださっています」

「病気をしたときの治療費も？」

「ええ。信徒さんが」

「信徒がいなくなったらどうするんです。あんたら神父さんは、その日からめしも食えない。病気にもなれない。困るでしょう。平気なの？」

「いやいや、困ります」

「困ってる顔には見えないけどね。ぜんぜん平気って顔だよ。なんでだい」

「それが神のご意志ですから」

「病気をするのも飢え死にするのも、神の意志？」

「はい」

「だから平気？」

「そうですね」

「やけになってるんじゃないだろうね」

「いいえ。ひとが本当に弱ったときには、神が働いてくれますから」

「そこの会計へ行ってさ、とにかく保険証のこと話してくれ。ここの治療費は、いったん俺が立て替えて払っとくから。あとで払ってもらってよ、神様に」

本庁から乗ってきた車が、病院の前庭に駐《と》めてある。賀来を乗せて出ようとすると、携帯が鳴った。取り出して耳に当て、沢木は顔色を変えた。

「わかった。すぐ行く」

車のエンジンをかけると、沢木は駐車場を飛び出した。早稲田通りは広くない。その割りに車の往来は多い。走り出すと、行く手にすぐ信号がたちはだかった。沢木は回転灯を屋根に載せ、サイレンを鳴らし、赤信号をつっ走った。

「どうしたんです」

沢木はむっ、と口をへこませた。そこから何かが外に出ていくのを懸命にこらえているような表情だった。しかし、やがて声が出た。

「結城が米軍基地に侵入した」


「結城が米軍基地に侵入した!?」

望月外務大臣はぴくり、と眉を震わせた。

「三浦半島の米海軍東京基地です」

「あそこには、きみ——」

「その通りです。MWがあります。結城はそれを承知で、いやそれを目的に、侵入したと思われます。現在、人質を取って、基地内に立てこもっているそうです」

その日、望月は多忙だった。午前中は、大挙して押しかけた地元後援会の陳情に耳を傾け、午後は外交関連の委員会が三つ重なり、議事堂内の会議室を行ったり来たり、という羽目になった。その途中、秘書の松尾が廊下で呼び止め、こっそり囁いたのだ。

「どうやって基地に侵入したんだ。日本の一民間人が、米軍基地に侵入するなど不可能だろう」

「カトリックの養護施設の子供たちが、月に一度、基地へ慰問に行っています。米軍も、その子供たちの一行だけはノーチェックです。結城は神父のなりをして、その中に紛れこんだという話で――」

そこで松尾は失礼、というように手をあげ、ポケットの中で震えだした携帯を取り出した。背中を向け、小声で少し話し、望月の方に向き直った。

「結城が要求を出してきました。MWの存在と十六年前の漏出事故を認めるよう、米軍と日本政府に要求しています」

「予想通り、というやつか」

望月は皮相に笑った。

「その要求は、マスコミには洩れているのかね」

「いえ。こちらで抑えてあります。結城が基地に侵入したことも、どこにも洩れておりません」

「しかし、時間の問題だろう。結城がマスコミに向かって、直接、携帯で要求をつきつければ――」

「その心配はありません。携帯の電波は、基地内でシャットアウトしてあります。外には飛びません。基地内で速やかに解決すれば、マスコミには何ひとつ洩れません」

「あの刑事を使え」

「沢木ですね」

「やっこさんは部下を殺され、頭に来てる。銃は携行してるんだろう。なんなら教えてやりたまえ。米軍基地内での発砲は、日本国の警察法には抵触しない」

「では、構いませんね」

「構わん。結城をただちに射殺しろ」

16

沢木はメインゲートの前に駐めた車に戻り、黄昏にけむる米軍基地に目をやった。

米海軍東京基地のメインゲートは四車線あり、アメリカ海兵隊員が外から目に見えるだけで十数名、完全武装して警備についていた。基地内ＩＤを提示しないと、むろん誰も中には入れない。

見ていると、ゲート脇の歩道を通って基地に入っていくひとびとは、みなある瞬間、ある方向に顔を向けた。何だろうと思ったら、助手席にいる賀来が教えてくれた。

「あちらに監視カメラがあるんです」

ゲートを監視するビデオカメラは二十四時間回っていて、通る者は、自分の顔がちゃんとカメラに映るようにして歩いていくのだという。

「いちど米兵に聞きましたが。ゲートを通るときにはいろんな不文律があるそうです。サングラスは外す。ジョギングの通過は禁止。ローラーブレードは爪先で立って歩く。白のＴシャツは駄目……」

海兵隊員がひとりそばに来て、運転席の窓を軽く叩いた。沢木は窓をおろした。海兵隊員が何か言った。学校で教わった英会話とはまったくちがうので、何を言っているのかわからない。

「許可がおりたそうです。あの車に乗り換えろと言ってます」

賀来が言い、メインゲートの内側に停まっている米軍のジープを指差した。沢木は車を降りた。海兵隊員がまた何か言った。

「刑事さん、拳銃をお持ちですよね。拳銃と車のキーを、ここで預かるそうです」

「ラテン語か」

「英語だと思います」

沢木は拳銃と車のキーを海兵隊員に渡し、賀来とふたり、歩いてゲートを通過した。

米海軍東京基地は言わずと知れたアメリカ第七艦隊の本拠地だ。世界で唯一、米国の国外に置かれた空母の母港でもある。一万人を超す人員が常駐し、基地の面積は二百二十九万六千平方メートル。東京ドームの四十九倍の広さがある。中には教会もあるし、マクドナルドもある。床屋も病院も、映画館も図書館もある。

沢木と賀来を乗せた軍用ジープは、キンボール・ドライブという標識のついた通りをまっすぐ奥へ進んだ。左手に巨大なドライドックがあり、その向こうの十二号バースに、米軍最強の空母ジョージ・ワシントンが停泊している姿も覗いて見える。

緊急事態のせいか、基地内を歩いている兵は少ない。

「神父さんよ。結城の目的は何だ」

「本人が要求しています。ＭＷの存在と十六年前の漏出事故を、白日の下にさらすこと」

「それがやつの本当の目的なのか、と訊いたんだ」

「……ちがうでしょう」

「ほかに狙いがあるんだな」

「だと思います」

「そりゃ何だ」

「わかりません」

「神父さんよ。どうして俺が、あんたを連れてきたと思う？」

「いざというとき、祈ってほしいから」

「ばかやろう。結城のことを、この世でいちばん知ってる人間はあんただからだ。教えてくれ。結城の本当の狙いは何だ」

「わかりません」

「なぜあんたにわからない」

「ＭＷを吸って、あいつはモンスターになったから」

牧野京子にＭＷの由来を聞いたとき、賀来はもうひとつ別のことを考えた。ＭＷは、ＭＯＮＳＴＥＲ　ＷＡＹではないか、と。結城を見ると、そう思う。

軍用ジープは球技用フィールドの脇にある格納庫の前で停まった。米軍の簡易対策本部はその中に設置され、数名の将校がデスクを囲んでいた。そのまわりには、監視カメラのモニターが十数台。さらにそのまわりに、ガスマスクと防護服に身を包んだ兵が十数名。

沢木と賀来が入っていくと、デスクの真ん中にいた大きな男が立ち上がった。米海軍のワーキングカーキを着た白人の将官だ。

「リチャーズ中将だ。サワキさんだね。モチヅキ大臣から電話が入っている。こっちへ来て取ってくれ」

沢木にもわかる英語で言って、固定電話の受話器を差し出した。そういえば基地内は、犯人を孤立させるため、携帯の電波が遮断されているという。中将に一礼して、受話器を取った。望月大臣の秘書が言った。

「松尾です。そちらの状況はいかがですか」

「今、現場に到着したところです。まだ何とも」

「犯人は、日本政府の代理人との交渉を望んでいます。あなたにお任せしたい。基地のリチャーズ中将にも、その旨、大臣の方から申し入れてあります」

「私に何をやれ、と？」

「犯人は、この世に存在しない毒ガス兵器を要求している。気が狂《ふ》れているんです。

つまり、交渉は無駄だということです。大臣は、いや日本政府は、速やかな解決を望んでいます。申し上げるまでもないと思うが、沢木さん、米軍基地内では警察法の解釈もおのずとちがう。意味、おわかりですね」

「問答無用。結城を射殺しろ、と?」

「あなたにお任せしてよかった。大臣にそう伝えておきます。これは国家を揺るがす大事件だ。くれぐれもよろしく、沢木さん」

電話は切れた。沢木は受話器を戻した。リチャーズ中将は部下を呼び寄せ、さきほど沢木がゲートで預けた拳銃を持ってこさせた。

「モチヅキ大臣から、あなたに拳銃の携行を許可してほしい、という要請があった」

沢木は拳銃をホルスターにおさめ、英語で中将に訊《たず》ねた。

「犯人は、すでにMWを手に入れたんですか」

「そのような毒ガス兵器は、存在しない」

「これは非公式の情報交換だ。この場限り、よそに洩れることはない」

リチャーズ中将はしばらく考え、沢木を監視カメラのモニターの前に連れていった。十数台のモニターは、基地内のさまざまな場所を映していた。中将はそのひとつを指差した。

「結城！」

思わず声が出かかった。が、実際に声を発したのは、沢木の横からモニターを覗きこんだ賀来だった。

結城の白い細面が、十四インチのモニター画面いっぱいにアップで映っていた。その隣のモニターは結城のバストショット、その隣のモニターはその場所の遠景を映している。

沢木は遠景に見入った。黒い神父服の結城が真ん中にいて、右側に子供たちが十数名、若い女を中心にして集まっている。ワンピースを着たあの若い女が、賀来の言っていた渡辺美香だろう。結城の左側には、米海軍の一種正装ドレスホワイトに身を包んだ白髪の老将官がひとり、いすに腰をおろしている。両手をいすの後ろで縛られているようだ。

「これは基地のどこです」

「A倉庫だ。結城はすでに三時間、子供たちを連れてこの中に立てこもっている」

「このご老人は？」

沢木はいすに縛られている白髪の老将官を指差した。

「ジョーンズ元帥だ。すでに退役された身だが、養護施設の子供たちを出迎えるため、基地にお越しになった。結城はジョーンズ元帥を人質に取り、MWにたどり着いた」

「結城はMWを手に入れたんですね」

リチャーズ中将は無言でモニターの方へ目を転じた。結城をバストショットでとらえているモニターだ。画面のいちばん下に、小さなガスボンベのようなものが映っている。結城が首にひっかけているのだ。前と後ろにふたつある。

あれがMWか。

沢木は小さなガスボンベに目を凝らした。地は灰色で、何か黄色い文字が書いてある。はっきりとは読めないが、MW、という文字のように見える。

「結城が奪ったMWの量は?」

「ミニボンベ、二本だ」

「私が質問したのは、そのミニボンベ二本のMWが、もし戸外に流出した場合――」

「六十分で、半径五十キロ以内の人間はみな死に絶えるだろう」

沢木は大きく息を吸いこんだ。もしあれが東京のど真ん中で流出すると、関東一円が全滅だ。

「リチャーズ中将、日本政府の代理人はまだか」

結城の声が、スピーカーからいきなり飛び出してきた。アップになった顔が、真っ直ぐこちらを見ている。監視カメラに向かって話しているのだ。結城はＬＡ新世紀銀行に入行してから、二年ほど、ニューヨーク支店で勤務していたという。それにしてもきれいな英語だ。

リチャーズ中将はモニターの下についている通話ボタンを押した。

「今、代理人が到着した」

中将は大きな身体を脇にどけ、沢木を招いた。沢木は通話ボタンを押して、結城に話しかけた。

「警視庁の沢木だ」

「どうも。刑事さん。あなたが政府の代理人か」

「今朝、私が教会に電話をしたとき、出たのはきみだな。不覚だったよ。きみの声は前に聞いていたんだが」

「どっちなんだ、刑事さん。俺と交渉に来たのか、それとも愚痴をこぼしにきたのか」

「子供たちと元帥は元気か。体調を崩している子はいないか」

「そっちのモニターに映ってるはずだ。見ての通り、みんな元気さ」

「きみの要求だが。ＭＷは存在しない。従って漏出事故もなかった。これが日本政府の回答だ。これは今後も変わらない」

「では要求を変える。飛行機を用意してくれ。子供たちと元帥を連れて、この基地を発つ」

沢木は少し待ってくれと言い、リチャーズ中将に相談し、再び通話ボタンを押した。

「ここは米軍の海軍基地だ。厚木とちがって、滑走路はない。飛行機の離着陸は不可能だ。よって、きみの要求には従えない」

「アメリカ海軍に、C130Gが配備されているはずだ。この輸送機は、補助ロケットを装備している。滑走路がなくても離着陸が可能だ。基地の北東ブリッグス・ベイに、C130Gを降ろせ。一時間待とう」

「その一時間には、意味があるのか」

「俺は何時間でも待てる。だが、ここにいる元帥はどうかな。もうお歳だ。相当弱っているように見える」

結城とは日本語で話しているので、リチャーズ中将には理解できない。沢木は通話を切ると、今聞いたことを英語で伝えた。驚いたことに、結城の言った通りだった。C130の改良型であるC130Fがアメリカ海兵隊に、C130Gがアメリカ海軍に配備されているという。

「どうします、中将。犯人の要求を呑みますか」

「ジョーンズ元帥は心臓に持病をお持ちだ。事態の長期化は避けなければならない」

「要求を呑んでもよい、ということですね」

「子供たちと元帥を、このまま見殺しにはできない。輸送機の手配をしよう」

「一時間で可能ですか」

「やるしかあるまい。敵はお見通しだ」

リチャーズ中将は身をひるがえし、大声で部下を呼び寄せた。沢木は通話ボタンを押した。

「リチャーズ中将が、今、飛行機の手配をしている。結城、どこへ行くつもりだ」

「乗ってから、パイロットに教える」

「MWを持ち出して、何をする気だ」

「いずれ、わかる」

「今はそれでよしとしよう。で、ひとつ相談だが、飛行機を出す代わり、子供たちと元帥を解放してくれないか」

「駄目だ。一緒に乗せる」

「きみは北朝鮮か。それでは話にならん。ひとつ譲って、ひとつ得る。それが交渉というものだ。きみが人質を解放しない限り、飛行機は出せない」

「飛行機の用意ができたら、子供たちを解放しよう」

「元帥は？」

「それではひとつとふたつの交換になる」

「きみにはMWがある。人質は不要だろう。きみの手にMWがある限り、誰もきみに手出しはできない」

「元帥を解放するなら、こちらにもひとつ要求がある」

「何が欲しい」

「賀来だ。元帥の替わりに、彼を人質に連れて行く。賀来をここに呼んでくれ。もうそこにいるか」

沢木は通話ボタンを離し、賀来の顔を見た。

「いいですよ、私は」

「身の安全は保障できない」

「構いません」

リチャーズ中将が戻ってきて、「何を言ってる」と訊いた。説明すると、可能ならば元帥の奪回を優先したい、と中将は答えた。沢木は通話ボタンを押した。

「きみの推察通り、賀来神父はここにいる。元帥の代わりに、人質になることを承諾した」

「時間を決めよう」

沢木はリチャーズ中将に確認してから返事をした。

「飛行機は今からおよそ一時間後、一八三〇時、ブリッグス・ベイにつける。その三分前に倉庫の扉を開けて、きみを誘導する」

「飛行機の乗員は？」

「六名」

「多すぎる。パイロットだけにしろ」

「コックピットには、正副のパイロットとフライトエンジニアが一名、搭乗する。最低それだけは必要だ」

「いいや、飛ぶだけだ。パイロットが二人いればいい。それ以外、誰も乗せるな。コックピットは封鎖して、出入りできないようにしろ」

「無茶を言うな」

「交信を終える。飛行機の時間まで、このモニターを切ってくれ」

「そうはいかない。われわれは絶えず人質の安全をチェックする必要がある」

結城の右手がこちらに伸びた。その手に拳銃がついている、と見えた途端、三つのモニター画面がサンドブレークした。結城が監視カメラを銃弾で破壊したのだ。

「あの拳銃はどこから?」とリチャーズ中将に訊いた。

「ジョーンズ元帥から奪ったものだ」

「ほかに結城が持っている武器は」

「ないと思うが、確認はできない」

「なぜモニターを切ったのだろう」

結城は何か企んでいる。それは確かだ。

「A倉庫には何が入っていますか」

「今は何も入っていない。空だ」

「結城が中に持ちこんだものは?」

「子供たちが運んできた荷物だけだ。芝居に使う衣装や小道具、飾り付けだと言っていた」

沢木は何の芝居だ、と賀来に訊いた。

「イエス・キリスト生誕の夜を、美香ちゃんが寸劇にしたんです。ベツレヘムの馬小屋でイエスが生まれ、それを羊飼いや東方の三賢人が祝福に来たあの夜のことです」

「小道具には何がある?」

「たいしたものはないですよ。デコレーションモールとか豆電球とか風船とか、子供たちが手分けして作った銀紙の星とか……どうしました、刑事さん」

「いや、何でもない」

沢木は慌てて首を振った。今一瞬、いやな考えが頭をよぎったのだ。そんなことは考えたくない。ありえない。

四十分後、リチャーズ中将に先導されて、沢木と賀来は簡易対策本部を出た。夕暮れの空に夕焼けはなかった。空はいちめんに暗い群青色で、基地にはすでに灯が入っていた。

ブリッグス・ベイは東京湾に面していた。この区域は九〇年代、県や市に無断で埋め立てられたことが問題になり、途中で整地が中断された。問題は棚上げされ、土地はそれ以来野ざらし状態で、街灯ひとつ立っていない。そちらに歩いていくと、飛行機のエンジン音が次第に大きく聞こえてきた。

アメリカ海軍輸送機C130Gは、暗いブリッグス・ベイの内陸側に、尾灯を向けて駐まっていた。結城はおそらく最初から計算済みだったのだろう。立てこもったA倉庫は、そのブリッグス・ベイのすぐ手前だった。

C130Gと倉庫のまわりには、ガスマスクを着けたアメリカ海兵隊員がそれぞれ十数名。

沢木はA倉庫の前まで行くと、ホルスターから拳銃を抜いた。

午後六時二十七分、アメリカ海兵隊員が設置した可動式の照明器具が四基、一斉にライトを灯した。二基は左右からA倉庫を、残る二基はC130Gの尾部を照らしている。

A倉庫の扉が開いた。結城と人質の一行が外に出てきた。その光景をひと目見て、沢木は思わず歯噛みした。小道具には何がある？　たいしたものはないですよ。デコレーションモールとか豆電球とか風船とか。あのとき一瞬いやな考えが頭をよぎった。それが的中したのだ。

結城は黒い神父服を着て、ジョーンズ元帥を先頭に立て、美香と十八人の子供たちで二重三重の輪を作り、その真ん中を歩いてきた。長身の結城は、本来、子供たちの輪の中にあっても背が飛びぬけ、姿を隠せない。だが、その姿はほとんど見えなかった。まわりの子供たちが、手に手に糸のついた白い風船を持ち——その数は三十から四十——その風船が、完全に結城の姿を包みこんでいたのだ。もしあの白い風船の中に、MWがほんの微量でも混入されていたら。

「撃つな！」

リチャーズ中将も同じ危惧《きぐ》にとらわれたに相違ない、結城と人質の一行の姿を見た途端、大声で命令を発した。

アメリカ海兵隊員の銃口に囲まれながら、一行はC130Gに向かって進みはじめた。沢木はその横に張りつき、立射の姿勢で、拳銃を結城の頭に向けた。首から二本、MWのミニボンベをかけているので、胸は狙えない。撃つなら頭部だ。

だが、揺れる風船にさえぎられ、結城の頭は絶えず見え隠れする。引金を引く隙がない。そのまま横に歩いた。その背後には、神父服を着て頭に包帯を巻いた賀来もいる。

「輸送機のランプドアを開けろ」

結城が歩きながら怒鳴った。

リチャーズ中将が手を上げた。こちらに尾灯を向けてエンジンを吹かしているC130Gが、荷物室の後部にあるランプドアをおろしはじめた。そこまでの距離はおよそ五十メートル。

「賀来、どこだ。前に出ろ」

結城が言い、こっちを見た。沢木に目で促され、賀来は一行の前に飛び出した。

「武器は持っていないだろうな。服を脱げ」

賀来は神父服を脱ぎ、どこにも武器を持っていないことを示した。

「輸送機の中に入って、誰か隠れていないか点検しろ」

賀来は沢木の顔を見て、輸送機のランプドアへ走った。

アメリカ海軍所属のC130Gは、ロッキード社が開発した四発ターボプロップ戦術輸送機で、全長二十九・八メートル、全幅四十・四メートル、全高十一・七メートルある。地面までおりたランプドアを駈け上がると、賀来は広い荷物室を見まわした。完全武装した空挺《くうてい》隊員なら六十四人、通常人員なら九十二人を乗せて、輸送することができる。その荷物室はがらんとして、赤いジャンプシートの間に、ところどころ目隠しのように仕切り板が立ててあった。

それは文字通り、目隠しだった。その仕切り板の陰に、三名の海兵隊員が身を潜めていた。操縦席にもひとりいた。

賀来はひと通り機内を歩き、外に出た。結城と人質の一行は、もう目の前まで迫っていた。

「賀来、パイロットは何人いた」

輸送機のエンジン音を、結城の声がつんざいた。賀来は手を上にあげ、指を二本立てた。

「ほかにアメリカ兵は何人いた」

賀来はもう一本指を増やし、三本にした。

「お前は昔から嘘が下手だ。アメリカ兵は何人だ」

賀来はいったん手をおろし、諦めて指を四本立てた。

「沢木！ 飛行機にはパイロット二名、それ以外誰も乗せるな、と言ったはずだ」

「私の知らないことだ」沢木が怒鳴り返した。

「アメリカ兵四人を降ろせ。コックピットは封鎖しろ」

リチャーズ中将が無線で合図を送り、やがて四人の海兵隊員が外に出てきた。

「賀来、先に乗れ。お前が乗ったら、元帥を解放する。そのあと俺は、子供たちと一緒に乗りこむ。そうしたらランプドアを開けたまま、飛行機を出せ。離陸の直前、子供たちを解放してランプドアを閉じる」

沢木は拳銃を構え、七メートルの距離から結城の頭部に狙いをつけていた。が、相変わらず風船が射程ラインをさえぎり、銃を撃てない。

引金を引くチャンスはおそらく一回、と沢木は踏んだ。子供たちが全員外に飛び出し、ランプドアが閉じる寸前、その一瞬しかない。

沢木は拳銃を構え、ひたすらその一瞬に備えた。賀来が乗りこみ、元帥が解放され、風船に囲まれた一行が機内に消え、C130Gが走り出した。沢木も走り出した。行く手にあるのは滑走路ではない。誘導灯もついていない。暗いブリッグス・ベイの荒れ地だ。

C130Gが補助ロケットに点火し、機体が離陸をはじめた。その瞬間、白い風船を持った子供たちが一斉にランプドアを駈けおりてきた。みな歓声を上げていた。結城が何を言ったか知らないが、みな楽しそうな顔に見える。が、最後に出てきた美香はちがった。ひとりだけ真っ白な顔で、表情がない。

C130Gのランプドアはすでに閉じはじめていた。地面を離れ、じりじりと上がり続けていた。美香はそれを見て、ぱっと宙に飛んだ。

沢木が両手で突き出したS&W、M37エアウエイトの銃口が火を吹いた。発射された銃弾は闇を走り、機内の結城を襲った。到達がほんの二秒早ければ、その銃弾は結城の額を撃ち抜いたろう。が、その寸前、結城はひょいと床にかがんだ。子供たちの誰かが、銀紙で作った星をひとつ、落としていったのだ。結城はそれを拾うために、床にかがんだ。そのため銃弾は、結城の頭上をすれすれかすめて後方に消えた。

結城が銀紙の星を拾い、外に放った。ランプドアが閉じた。

まるで空の上の誰かに祈りでも捧げるように、沢木は荒れ地にひざまずいた。

17

刻々と迫り来る闇の中で、風が気ままに荒れていた。

米海軍東京基地を飛び立ったＣ１３０Ｇは、その風に翻弄されながら東京方面に向かった。巡航速度五五〇キロ。これは民間のジェット貨物機に比べると、かなり遅い。風に舞う木の葉のように見える。

アパッチが二機、両側からＣ１３０Ｇをはさんで力強いローター音を立てていた。

Ｃ１３０Ｇの荷物室は暗く、がらんとして、まるでニーチェの無神論のように空《うつ》ろだった。結城はパラシュート降下用ドアの前に立ち、覗き窓から外を見ていた。輸送機なので、荷物室にはほかに窓はない。賀来はコックピットの壁にもたれ、斜め後ろからその姿を見ていた。やがて言った。

「何を見てる」

「見つかったよ、永遠が。そんな詩があったろ。なんだっけ。ランボーか」

「そうだ。『永遠』だ」

「覚えてるか」

「とうとう見つかったよ。なにがさ? 永遠というもの。没陽《いりひ》といっしょに、去ってしまった海のことだ」

「俺にはいちばん縁のない言葉だな。永遠か」結城は薄く笑った。

「結城、どこへ行く気だ」

「さあな」

「それではパイロットが困る」

「だったらしばらく東京見物でもするか」

「ふざけるな」

「東京の街も見納めだ。ふざけちゃいない。ひと回りしよう」

賀来はコックピットの通話スイッチを押し、上空をしばらく周回してくれ、とパイロットに告げた。

「結城、どうして俺を連れてきた」

「お前は俺だからさ」

「もうちがう」

「いいや、ちがわない。俺はお前だ」

「やめてくれ」

「お前にもわかってるはずだ。俺たちは一枚のコインの裏表さ」

東京の上空は静まり返っていた。C130Gが米海軍東京基地を飛び立ってから、空は政府の航空管制下に置かれ、軍用機、民間機を含め、一機の飛行機も飛んでいない。成田も羽田も、すべての航空機の離着陸を禁止していた。

「逃げられないぞ。結城、もうおしまいにしよう。投降しろ。お前はすでに目的を果たした」

「俺の目的を知ってるのか」

「この騒ぎで、マスコミもMWの存在を知った。十六年前の漏出事故も、やがて彼らが暴いてくれる。十分だろ」

結城は携帯を取り出し、放ってきた。

「どこでもいいよ、かけてみろ」

賀来はフラップを開け、一一〇番に発信した。一一九番も試した。海辺の教会にもかけてみた。いっさい通じなかった。おそらく両側を飛んでいるアパッチが、携帯の電波を遮断しているのだ。

「マスコミは何にも知らされてはいない。俺が投降したら、それで終わりさ。何にも

「だったらどうする。MWを抱いて、このまま東京につっこむか」

「それも悪くはないな」

「それじゃあ不服なのか。そう見える」

「不服だよ。このまんま東京に突っこんだら、せいぜい半径五十キロ。それだけだろ、死に絶えるのは。俺は世界を終わりにしたいんだ」

「どうやって?」

「羽田にアルカイダの飛行機が待っている。俺はMWを手土産に、アフガニスタンへ行って彼らと合流する。一ヵ月もすれば、このサンプルを元にして、MWを量産できるだろう。それで世界は滅亡する」

「それがお前の目的か」

「そうだ。俺は世界を終わりにするために、この世に生まれた」

「MONSTER WAY」

「何?」

「狂ってる」

「お前にはわからないよ。異様に喉が渇くんだ。どんなにひとを殺しても」

「行く先は羽田！　聞こえたか！」

賀来は叫び、頭に巻いていた包帯をむしり取った。結城は暗がりに目を細めた。賀来の耳の上、今包帯を取ったあたりに、何か小さなものがついている。無線の隠しマイクだ。

「うっかりしたよ。そういえば岡崎も、バンコクで同じようなものをつけていた」

「諦めろ、結城。俺たちの会話は警察に筒抜けだ」

賀来は神父服の中から拳銃を取り出した。

「どこからそんなものを」

言いかけて、結城は薄く笑った。

「そうか。さっき飛行機を降りたアメリカ兵だな。お前にしては上出来だ」

「投降しろ」

「しなければ俺を撃つ、と？」

「そうだ。容赦はしない」

「撃ってみろ」

結城は首にかけているMWのミニボンベを、両手で少し持ち上げた。

「それは海兵隊の軍用拳銃だ。口径はでかい。引金は重い。訓練を積んだ者でないと、そんな銃は撃てない。お前が撃ったら、弾丸はどこへ飛んでいくかわからない。それでもよければ、俺を撃て。このボンベに穴が空いたら、その瞬間、東京は死滅するぞ」

結城は一歩踏み出した。

「寄るな」

結城はさらに一歩踏み出した。

「こっちへ来るな。近づくな」

結城は構わず近づいてきた。そして賀来の手から拳銃を奪い取ろうとした。

賀来はそのときを待っていた。はじめからそのときだけを待っていた。拳銃を放すと、両手で結城の身体に飛びついた。沖之真船島の岩穴で、賀来は失敗から学んでいた。結城は素早い。いつも油断はしていない。そして身をかわすとき、結城は左足を軸にして身体を開く、と。

だから今度は、最初からそれを想定してむしゃぶりついた。賀来の両手はMWのミニボンベをかすめ、結城の神父服をつかんだ。結城がバランスを崩し、ふたりはもつれあって床に横転した。

「後ろのランプドアを開けろ!」

結城にしがみついたまま、賀来は叫んだ。

さっき米海軍東京基地で機内の点検に乗りこんだとき、賀来はこっそりふたつ、仕事をした。隠れていた海兵隊員から拳銃を借りて、神父服に忍ばせたこと。もうひとつはコックピットを封鎖する前、隠しマイクの受信機をパイロットに持たせたことだ。それで荷物室の会話は、通話スイッチを押さなくても、コックピットのパイロットに聞こえる。

「パイロット！　ランプドアを開けろ！」

賀来はほかに何もしなかった。全身の力を使って結城にしがみついていた。それ以外のことはしなかった。

「やめろ、賀来」

結城は振り放そうと、身をもがいた。賀来の顔を殴った。腹を蹴った。だが、全力でしがみつかれ、威力がない。ふたりは上になり、下になり、荷物室の床を二回、三回と転がった。

それはまるで地の果てで起きた竜巻だった。風の唸り声とともに、いきなりふたりの身体はふっ飛ばされた。荷物室の最後尾でランプドアが開き、気圧の変化で、中の空気がものすごい勢いで流出をはじめたのだ。ふたりの身体はその流れに乗って宙を飛び、まだ開ききっていないランプドアに激突した。

賀来はしかし、それでも結城の身体を放さなかった。いったん跳ね返ったふたりの身体は、また風に乗って宙に舞った。ランプドアはさらに開き、その行く手にはもう闇しかない。

「賀来、放せ！」

結城の叫び声を荷物室に残し、ふたりの身体が夜空に飛んだ。

C130Gのパイロットにはふたりの姿は見えなかった。ふたりを見たのは、ちょうどそのときC130Gの斜め後方を飛んでいたアパッチのパイロットだった。状況を確認するために、彼は即座に照明弾を放った。

闇の中に光の矢が走り、次の瞬間、夜空が鮮やかなライトグリーンに染まった。

C130Gは東京の上空を周回し、葛西《かさい》臨海公園の上を過ぎ、はるか洋上に出たところだった。眼下にはもう海しかなかった。東京湾が静かな波を立てているだけだった。ランプドアから飛び出したふたりは、まばゆいばかりの照明弾に照らされながら、真っ逆さまに海へ落下していった。

その光景を目撃したアパッチのパイロットがのちに語ったところによると、そっくり同じ神父服を着たふたりは、まるで抱き合うように。あるいはまるで一枚のコインの裏と表のように。

「アパッチ1からトーキョー基地へ。MWはトーキョー湾に落下。繰り返す。MWは海中に落下」

木枯らしが銀杏《いちょう》の葉を舞い散らす歩道を歩いてきて、沢木ははっと足をとめた。

犯罪者は必ず現場に立ち戻る。捜査一課の刑事になってまもない若い頃、先輩に、何度そう言い聞かされたかわからない。あるいはそれと似た心理かと思い、沢木は思わず苦笑した。

一ヵ月ぶりに手に入れた非番だった。家でのんびり過ごそうとしたのだが、妻も娘もいない家にいると、かえって気分が滅入《めい》ってきた。それで映画でも見ようと、山手線に乗って有楽町に出た。

ところが気づくと、あの大理石の噴水のあるオープンエリアに来ていた。LA新世紀銀行の本社ビルの下だ。

冬になって、表のカフェテラスにはまったくひと影はない。沢木は店の中へ紙コップのコーヒーを買いに行き、それを持ってカフェテラスのテーブルについた。

半年前、ここで結城美智雄を待ち構え、揺さぶりをかけたのだ。あれからもう十年も経ったような気がする。

C130Gから東京湾に落下したふたりは、あのまま姿を消した。遺体は上がらなかったが、その後、ふたりを見たという情報はない。状況から見て、生きているとは思えない。

ふたりと一緒に海中に落下したMWのミニボンベも発見されなかった。幸いMWは、水が混入するとほとんど毒性が消えるという。たとえ流出しても、海の底だ。

MWにまつわる一連の騒動は、東京中央新聞が牧野京子の遺志を継いで、記事にした。しかし、日米の政府はともにMWの存在を否定し、警察は結城美智雄が引き起こした一連の事件のすべてを闇に葬った。

望月靖男はむろん口を閉ざし、何ひとつ語ろうとしなかった。

MWはいつしか風化して、東京中央新聞の記事が巻き起こした衝撃もとっくに遠い。何人かの人間が生命を落とし、おしまいに結城と賀来が海の藻屑《もくず》と消えただけで、世の中は何も変わらない。いつものことだ。

沢木は紙コップのコーヒーを飲み干し、腰をあげた。そのときビルの二階にあるオーロラビジョンが目に入った。横長の大型ディスプレーに、望月靖男の顔がアップで映っていた。

決まったか、と沢木は思った。民自党の総裁選だ。

国民の支持率を無視し、ひたすら政権の座にしがみついてきた民自党が、いよいよ総選挙に打って出る腹を固め、総裁選を前倒ししたのだ。総裁選には四人の立候補者が立ち、一回目の投票の結果、外務大臣・望月靖男と、幹事長・熊倉直徹《くまくらなおてつ》の決選投票となった。

家のテレビでそこまで見たが、決選投票の結果、望月靖男が勝ったのだろう。

「このたび民自党の総裁に選ばれました望月靖男でございます……」

オーロラビジョンに大きく映った望月が、カメラのフラッシュを浴びながら喋り出した。沢木の携帯が着信音を鳴らした。携帯の画面には、知らない番号が出ていた。

沢木は携帯を耳にあてた。

「テレビを見てますか、沢木さん。民自党の総裁選のニュースです」

すぐにわかった。その声は今もはっきり覚えていた。

「もうすぐ党大会でおもしろいことが起きますよ。ほら」

沢木はオーロラビジョンに目を戻した。そこで何かが起きていた。望月靖男の引きつった顔が小さく映り、そのまわりでひとが右往左往している。テレビカメラが左右に揺れて、がくん、と天井に向いた。空調のディフューザーが映った。そこから白い煙が出ている。

「結城！　お前か。何をした。まさかお前――」

「今日のはただのお遊びです。本当におもしろいことはこれから起きます」

「お前、今、どこにいる」

「沢木さん、もうひとつだけ忠告しておきます。娘さんと会うときは、無精髭くらい剃《そ》った方がいい」

沢木は顔に手をやった。無精髭がざらり、と触れた。

「どこだ。結城」

沢木はあたりに目を走らせた。どこからか結城が見ているはずだ。ぐるり、と首を巡らした。足下から視界の果てまで、木枯らしが寒々とした音を立てて銀杏の落ち葉を転がしていった。

だがほかに、何も見えない。

――了

〈引用文献〉

『新約聖書 ローマ人への手紙』日本聖書協会

『世界の詩集6 ランボー詩集』(金子光晴・訳)角川書店

本書のプロフィール

本書は、手塚治虫原作の映画「MW－ムウ－」を原案として書き下ろされたノベライズ作品です。

MW《むう》 —ムウ—

著者 司城志朗《つかさきしろう》 原作 手塚治虫《てづかおさむ》

二〇〇九年六月十日 初版第一刷発行
二〇〇九年七月二十日 第三刷発行

編集人——稲垣伸寿
発行人——飯沼年昭
発行所——株式会社 小学館
〒一〇一-八〇〇一
東京都千代田区一ツ橋二-三-一
電話 編集〇三-三二三〇-五一二二
販売〇三-五二八一-三五五五
印刷所——凸版印刷株式会社

Printed in Japan ISBN978-4-09-408394-1

小学館文庫